# 九歌100年 2011
# 童話選

傅林統 主編

# 九歌100年度童話選
# 年度童話獎

得主

**林哲璋**

作品

**猜臉島歷險記**

九歌出版社

# 九歌100年度童話獎　得獎感言

◎林哲璋

很榮幸得到年度童話獎的鼓勵，還記得首次入選《九歌年度童話選》時，列席了年度童話獎頒獎典禮，當時心中就暗自期許：有為者亦若是！

如今夢想成真，比我預計早了好多，真感謝評委及主辦單位！

我覺得，奇幻作品和現實世界有著既相吸又相斥的引力，是最能訓練邏輯思維的文體，而童話尤占先機。童話好不好看，取決於作者「lonely-degone」的元素多寡；多讀「自圓其說」、「遵守奇幻邏輯」作品的小朋友，將來不易被現實的「偶然」、「巧合」與「萬一」詐騙糊弄……這也是〈猜臉島歷險記〉創作的初衷與動機。

「才有八斗之高」的曹子建，寫過「豆家兄弟的對話」；「文起八代之衰」的韓昌黎，創作「寄給鱷魚的書信」，真可謂赤子之心，人皆有之。童話同好，當共勉之。

# 100年童話選 目錄

## 卷一 和童話交朋友


女孩與北極星 邱千真 009
恰喀森林 邱意恬 015
人鳥拍檔 楊隆吉 027
花苞裡的小男孩 林佳儒 035


## 卷二 換個角度看童話


蝸牛慢慢走 郭慈明 055
黑貓詩人 謝鴻文 063
冬天，很無聊嗎?! 黃蕙君 071
遠山 陳彥廷 079

## 卷三 為童話許一個願望


公主的願望　林靜琍　101

變！變！變裝遊戲　柳 一　109

如果撿到一根龍鬚　王宇清　123

石頭不想當石頭　山 鷹　135


## 卷四 猜猜童話在想什麼


披著羊皮的羊　王淑芬　147

精打細算的狐狸　陳志和　153

滑鼠上課　亞 平　161

猜臉島歷險記　林哲璋　173

烏龍小姐賣烏龍麵　周姚萍　197

## 卷五 讓童話溫暖你的心


愛情鞋 林世仁 209

誤會之戀 管家琪 223

鯨聲月光河 王文華 231

深夜裡的琴聲 黃基博 253

—主編的話—

臺灣童話質變的觀察 傅林統 263

—小主編的話—

擁抱童話世界這個幸福城堡 王映之 271

我的童話觀 陳品臻 273

—附錄—

一百年度童話紀事 邱各容 276

卷一

# 和童話交朋友

# 女孩與北極星

◎ 插畫／李月玲

## 邱千真

**作者簡介**

如果可以盡情地、無拘無束地想像著，為什麼不？
童話是我從小最喜歡的書籍類型，學校每週的借閱日我總是借童話故事回家讀，
心裡頭老想著：這是真的嗎？
然後一遍又一遍的閱讀。
對我來說，每個故事都是真的。
但，沉溺夠了，就該放下了。

**童話觀**

這是一個看不見的世界。
文字就像音符，說故事的就是吹笛子的，當音樂響起，
人們開始隨著節奏舞動，有的會旋轉大笑，有的會拍手踏步，
有的只是安安靜靜的待在那裡，但無論是哪一種，
都正一步一步的跨入看不見的世界。
能帶領人們穿越眼前帷幕的故事都是好童話。

有一座城市，你們知道的，就是有高高的大樓跟矮矮的平房交錯的那種，不是高高的樹木跟矮矮的樹叢，道路是瀝青鋪成的，不是泥土。

但無論哪一種，只要抬頭，都看得見大大的天，空在那裡。

不知道是第幾夜了，小女孩獨自走著，吐了一口氣，抬頭對天說：「怎麼還沒到？」

月光今晚特別的亮，因為城市剛好停電，影子被照得很長很長很長，小女孩跟著影子一步一步前進。

「妳早就到了！」忽然一個清澈的聲音隨著風迴旋在空間裡。

「是誰?!」女孩四下張望，尋找聲音來源。

「不用再找了！」聲音再度響起。

小女孩停下腳步，轉過身，背對影子：「到——底——是——誰——？」然後，她敏銳的抬起頭，「哦，是你！」

北極星連續閃，閃，閃閃閃了很多下。

女孩搖頭說：「不，還沒，我還沒走到！我離你還有一段路要走，但我知道我一天比一天更接近你！」

北極星說：「每一天，妳都在我的腳下，妳要做的僅僅只是抬起頭來。」

女孩說：「有啊！我天天都抬頭看你在哪裡。」

北極星說：「那我在哪裡？」

女孩說：「在黑黑的、大大的、寬寬的天空裡。」

北極星說：「我在那裡幹嘛？」

女孩說：「你在閃啊閃的！」

北極星說：「為什麼閃啊閃的？」

女孩說：「因為這樣我就知道你在哪裡了。」

說完女孩笑得很開心。

北極星也笑得很開心。

他們一起笑了一整個黑漆漆的夜晚。

在那之後，小女孩養成了一種習慣，總是喜歡先觀察事物的位置，然後，她就知道自己的位置。女孩說，我住在城市裡，也住在星空下。

天漸漸亮了。

星光慢慢被覆蓋了。

人們一一醒過來了。

——原載二〇一一年九月《兒童哲學》第九期

編委的話

**王映之：**

追星的女孩儘管向前，相信一天比一天更接近星星。北極星一閃一閃地讓女孩知道它就在那兒。黑漆漆的夜，眾人皆睡，只有女孩獨醒感受星空之美，願我是那追星的女孩。

**陳品臻：**

夜晚，抬頭看見一閃一閃的北極星是一種思念，是一種幸福，當孤單寂寞時，仰望點點星空，那一直閃，閃，閃閃閃的北極星會一直陪你，陪你到黎明，那是多麼令人陶醉的情景！

**傅林統：**

北極星是人們在茫茫大海或黑夜裡辨識方向的指南，小孩跟這指示方向的星星交談了，貼心的語言裡隱藏著什麼哲理呢？值得細細品味。

# 恰喀森林

◎ 插畫／劉彤渲

## 邱意恬

**作者簡介**

以前爸爸媽媽總是忙於工作，
沒事做的我小時候除了畫畫就是讀故事書，
平時則經常專注在自己的想像之中，什麼都不做，
安靜地想故事是我的休閒之一，
想到好的故事就把它寫下來，這樣輕輕鬆鬆的創作，
希望以後能夠寫出更多更好的作品。

**童話觀**

童話充滿著純真的吸引力，一切夢幻的想像盡在這之中發生。
小孩藉著閱讀童話發現新世界，大人們則在童話中找到最原本的自我，
童話雖然是虛構的故事，但依然打動了許多人的內心，
或許是因為童話的言語就是如此簡單，所以更容易與人產生共鳴吧。

恰喀村是一個北方的小村莊，緊鄰著美麗的恰喀森林。在每個滿月的夜晚，森林的小精靈會歡樂地舉行宴會，使得整個森林的花草樹木，也情不自禁的跟著起舞，發出恰喀恰喀的音樂聲。

有一天午後，村裡的頑童馬修，躲在森林的老杉木上打盹，卻沒發覺天色漸漸暗了。就在月亮剛爬到老杉木頂端時，馬修被「恰喀、恰喀……」這奇異的聲音吵醒。

「是什麼怪聲啊？」他往樹下一看，竟然看見地面上數百個藍色蘑菇在跳舞。他們一邊唱歌一邊翻筋斗，

用力一躍，藍色蘑菇變成一個個螢光的小精靈。原來今天是滿月之夜，是精靈們的狂歡時間。

馬修看見這個壯麗的景象，靈機一動，似乎又在打什麼壞主意了！他最喜歡搗蛋，經常拿泥巴丟人、在牆壁上塗鴉或是把蘋果園搞得一團糟……各種大大小小的惡作劇，數也數不清呢！村裡的大人、小孩，連動物都很討厭馬修，每次看見他，就趕緊離得遠遠的，除了蘭琪——是保護他，帶他一起嬉水釣魚，玩捉迷藏的好伴侶。但馬修卻難改喜歡亂闖的本性，悄悄離開蘭琪獨自溜進森林，無意間目睹這奇異的光景。

可愛的小精靈們手拉著手圍成好幾個大圈圈，高聲歌唱著：「恰喀恰喀～藍色的朋友們跳舞吧，離天亮還早呢……」就在歌剛好唱到一半時，「咕——咕咕！」報曉的雞叫了，其實卻是馬修躲在樹上學雞叫。

這一叫，使小精靈們嚇得大喊：「快躲起來，太陽要出來了！被陽光照到的話，我們會變成粉末的！」

他們急忙往樹叢裡鑽，但實在是太慌張了，有的人跌倒，有的人撞到樹，不一會兒，大家都遍體鱗傷，狼狽的躲起來。

就這樣安靜了三分鐘後，躲在灌木叢裡的一隻精靈指著天空說：「快看，月亮還牢牢的掛在天上呢，現在還是晚上啊。」大家這才鬆了一口氣。

但是宴會毀了，精心準備的點心和果汁都掉在地上，沾滿一層厚厚的泥巴，好多小精靈受傷不能跳舞，大家都快樂不起來，失望地哭了。

躲在杉木樹上的馬修，不出聲，卻得意的暗自發笑，不料這一笑，腳一滑，讓他從樹上跌了下來。

精靈們轉頭一看，「是他！是他假裝公雞啼叫，捉弄我們的！」馬修的惡作劇被識破了，小精靈憤怒到極點。

「我們期待的宴會被你搞砸了，這是多麼重要的宴會。」帶頭的精靈說。

「他應該接受懲罰！」旁邊矮胖的精靈指著馬修的鼻子高聲說著。馬修被小精靈們團團圍住，他好害怕，嚇得直發抖。

慢慢地，一個黑藍色的老精靈面露凶光走到馬修面前，舉起雙手對著天空咆哮：「北風，親愛的北風，請將這調皮的男孩結成硬硬的冰塊，讓他再也不能惡作劇，讓他永遠在冰中懺悔。」

話剛說完，整個恰喀森林的樹開始嗚嗚低鳴，北風來了，比老鷹還快，馬修哪能來得及逃，就這樣被結成冰塊，叩的一聲倒在地上，一動也不動了。

「下一個滿月來臨時，這男孩將永遠成為冰凍人，任誰也救不了他。」北風告訴精靈。

恰喀村裡已經好一陣子沒見到馬修了，村民們都覺得很奇怪，卻沒有人想提起他，因為馬修消失後，就再也沒有人會破壞果園或是到處搗亂。

只有善良的蘭琪心急的想知道馬修為什麼不見了，她走在田間小徑，問每一顆石頭知不知道馬修的去向，石頭異口同聲說：「我們不知道！」

蘭琪走到湖邊，問每一隻魚知不知道馬修在哪裡，魚群異口同聲的說：「我們也不知道。」

「大家都不知道馬修去了哪裡。」蘭琪沮喪地坐在樹下，恰巧聽見樹上兩隻伯勞鳥在聊天。

「你知道嗎，我那天在恰喀森林裡正好看見有個男孩被北風凍成冰塊呢。」其中一隻鳥說。

蘭琪聽了，驚訝地問了伯勞鳥，原來伯勞鳥目睹一切，就將事情的經過一五一十地告訴蘭琪。

「那個男孩一定就是馬修，我該怎麼辦呢？」蘭琪好難過。

伯勞鳥安慰蘭琪：「你放心，只要在下一個滿月之前解除北風的魔法，馬修就會回復原狀了。」

「但是距離下次滿月只剩七天，來得及解除魔法嗎？」

「問問春天的東風吧，它住在野花盛開的平原，」伯勞鳥又說：「只是聽說東風的個性很孤僻。」

蘭琪向伯勞鳥道謝，心想：「只要能救馬修，什麼方法我都願意試！」

五顏六色的野花點綴的平原是東風的家，蘭琪氣喘吁吁好不容易跑到這裡，用盡力氣大喊：「請問東風在嗎？」

東風沒回答，蘭琪一次又一次的喊，東風還是沒有回答。隔天又隔天，蘭琪又來到平原尋找東風，只見平原上的野花不斷搖曳，仍然沒有見到東風。

蘭琪每天都跑去拜訪東風，但是東風始終沒回應，轉眼間，六天過去了。

即使這樣，在最後一天蘭琪依舊不放棄，「東風在嗎？」她使勁的沙啞聲震盪整個平原。這時，天邊颳來一陣好大的風，幾乎要將蘭琪吹得飛起來了。

「妳跑來我家已經六次了，現在還不是我工作的季節，吵什麼！」東風不耐煩地盯著蘭琪問。

蘭琪看到東風如此巨大，讓她感到很害怕，她鼓起勇氣說：「東風，我的朋友在恰喀森林被北風凍結了，今晚過後他就會變成永遠的冰塊。請你用溫暖的風解除北風的魔法，好嗎？」

「我不想幫妳的忙，每次大家只會麻煩我，卻沒有人願意跟我做朋友。一年四季我都是一個人寂寞地度過。」東風埋怨說。

蘭琪告訴東風：「我不會不理你，我們可以當好朋友。我會每天來拜訪你，講故事給你聽，為你編織花冠。」蘭琪接著說，「春天的時候，我會伴隨你的腳步一起融化殘雪，綻放花朵。冬天的時候，我們可以一起窩在繽紛的花海，喝熱可可，吃薑餅。」

東風安靜地坐在草地上聽蘭琪說，他似乎也覺得這主意挺棒的。蘭琪走上前去擁抱東風，東風抱起來輕輕暖暖的，十分溫柔。東風很感動，這是他第一次覺得自己不再孤單。

「我們現在算是朋友嗎？」東風擁抱蘭琪。

「是的，」蘭琪肯定的接著說：「直到永遠。」

咻地一聲，蘭琪飛起來了，東風緊緊將蘭琪擁在懷裡，一跨步，躍過花海，奔向恰咯森林。東風很快樂，他飛躍的腳步比獵豹還迅速，他們倆一瞬間就到達森林，並在層層枯針葉堆裡找到冰冷的馬修。

蘭琪看到馬修蒼白僵硬的樣子不禁掉下眼淚，東風握著蘭琪的手安慰說：「別擔心，我會讓他恢復原狀的。」

東風的氣息包圍馬修，暖和的風一陣陣地將冰和樹葉捲到空中。血色和體溫漸漸回到馬修身上，他疲憊地睜開眼睛。

被冰凍的這段時間，馬修雖然不能動也不能說話，但他還是清醒的眼看著蘭琪真情的奔波，明白了愛才能帶給人們快樂，也才能給自己幸福。經過徹底的反省，馬修決定再也不惡作劇了。蘭琪高興的抱著馬修，深秋的恰喀森林，橘色、紅色和黃色的葉子像雨一樣片片飄落，彷彿在恭賀馬修的重生。

蘭琪和馬修走出恰喀森林，「東風，謝謝你！」他們齊聲說。

不久，冬天來了，大地陷入一片寂靜白雪，村子與森林被冰冷的霜覆蓋。但在東風的家，各色各樣的花四季盛開，蘭琪、馬修和東風，一起在花海喝著熱可可，吃薑餅，聽著遙遠的森林傳來「恰喀、恰喀……」的音樂聲。

本文獲二〇一一年高雄應用科技大學文學獎童話組第三名

—編委的話—

**王映之：**

孤僻、惡作劇，都使人與人之間的溝通發生障礙，只有善良、熱情才能使關懷、友情長存，作者用溫馨的故事啟發意義深長的道理，令人喜愛。

**陳品臻：**

調皮的馬修因捉弄小精靈被處罰，變成冰凍人，還好，善良的蘭琪以無比的愛心感動了東風，解救了馬修，故事充滿了熱情，使我們領會友情的可貴。

**傅林統：**

馬修與蘭琪的對比，冬風與春風的對比，作者善用「對比」突顯想表達的意念，且文筆流利，詩情畫意，是篇佳構。

# 人鳥拍檔

© 插畫／楊隆吉

## 楊隆吉

**作者簡介**

臺東大學兒童文學研究所碩士。網路「達拉米電子報」主編。
作品曾獲九歌九十四年年度童話獎、蘭陽文學獎等。
著有《拳王八卦》、《愛的穀粒》、《四不像和一不懂》、《山豬小隻》、《蕭水果》（繪本）、《超級完美的願望》、《鷗吉山故事雲》。

個人部落格http://piccc.pixnet.net

**童話觀**

童話在展演中零星表現著對目標真摯的相信、等待……
（其餘觀點，請容我留給願意來信討論的讀者朋友們。）
（其餘貴客，歡迎光臨，希望大家讀得盡興。）

小時候的鵜鶘小味，身體比自己的喉囊還要小。

有一次，小味飛過一棵桑樹，桑樹裡有上百隻蠶，齊聲跟牠打招呼：「早安，大鳥。」

小味於是飛到桑樹的其中一個枝椏，停下來大聲喊：「早安，小蟲。」

「我們不是小蟲，我們是蠶。」聲音整齊畫一。

桑樹上所有的蠶說完，各自繼續吃著各自的桑葉。

「我也不是大鳥，我是鵜鶘。」

小味看著大夥兒忙著，問道：「你們為什麼一直在吃樹葉啊？」

「我們吃的是桑葉，吃飽之後，我們就可以變身。」其中一隻蠶向小味說明。

「哦？吃飽了可以變身的桑葉啊？」小味有點羨慕。

「對啊！吃飽以後，我們會吐絲，把自己包起來，過一陣子，我們就會長出翅膀，飛起來……」另一隻蠶得意的說。

「真好，那我也想吃看看？」小味也想變身，變成魚，他想，平常吃魚，如果變成魚了，那麼，就可以游到深海裡吃更多的魚！

「沒問題，這棵桑樹很大，桑葉很多，吃完還會再長出來，請儘管吃，別客氣。」一此起彼落的蠶紛紛表示贊同。

小味一聽，興奮莫名，大口一開，上下左右的吃起身邊的桑葉來，吃完，再飛到其他的枝節，再吃……

從那天開始，小味待在那棵桑樹，一天一天的吃著桑葉，牠看著身邊的蠶一天天的長大、蛻皮、陸陸續續的開始吐絲，有一大半的蠶已漸漸把自己包起來了……，而自己卻一點變化也沒有。

某一天下午，小味終於停下嘴巴，忍不住問：「咦？我想請教大家一下，有誰知道，我吃的桑葉也沒比你們少，為什麼我沒辦法吐絲，把自己包起來？」

桑樹上的每一隻蠶都忙著吐絲，沒注意到小味的話，有一小部分的蠶，甚至已經結好了繭，把自己包在裡面了……

小味沒聽見任何回應，有點急的拉高嗓門大喊：「我想請教大家一下，有誰知道，我吃的桑葉也沒比你們少，為什麼我沒辦法吐絲，把自己包起來？」

終於，小味聽到了其中一隻蠶的回應，從某一個繭裡透出模糊的回答：「不要問自己吃多少桑葉，想辦法把自己包起來就是了。」說話的蠶剛剛結成繭，牠沒看到小味，以為是另一隻蠶在發問。

聽完那隻蠶的建議，小味急中生智，特別注意到自己嘴巴下的大喉囊，腦筋轉了一下，牠張開大嘴，放鬆喉囊，往上一跳，一個後空翻，把整個身體套進自己的喉囊，成為一個會說話的「球」，落到桑樹下，包在自己喉囊內的小味，興奮的問：「我把自己包起來了！」

「那很好，你已經成功一半了，接下來，就是等待。」樹上的蠶在繭裡回答。

「沒問題。」小味的語氣裡充滿期待。

小味希望變成魚，在桑樹下等待的日子裡，牠偶爾會說：「魚、魚、魚……」或者「好了沒？」，而且，「魚、魚、魚」說得比較多次，因為，樹上的蠶都已結繭，沒有什麼聲音會回答牠「好了」或「還沒」。

小味為了想變成魚，等得很專心，某天，一整棵樹的繭不約而同的一一破開，鑽出一隻隻的蠶蛾，一隻隻的蛾在桑葉下了一粒粒的卵，然後，一隻接一隻的起飛，離開了桑樹……，這一切，小味都沒注意到，牠只會在突然想起來的時候，叫了幾聲「魚、魚、魚……」。

有一天下午，有一個乞丐路過桑樹，發現桑樹下的小味——一顆會說「魚魚魚」的怪球，乞丐不害怕也不慌張，小心翼翼的把小味捧回家。

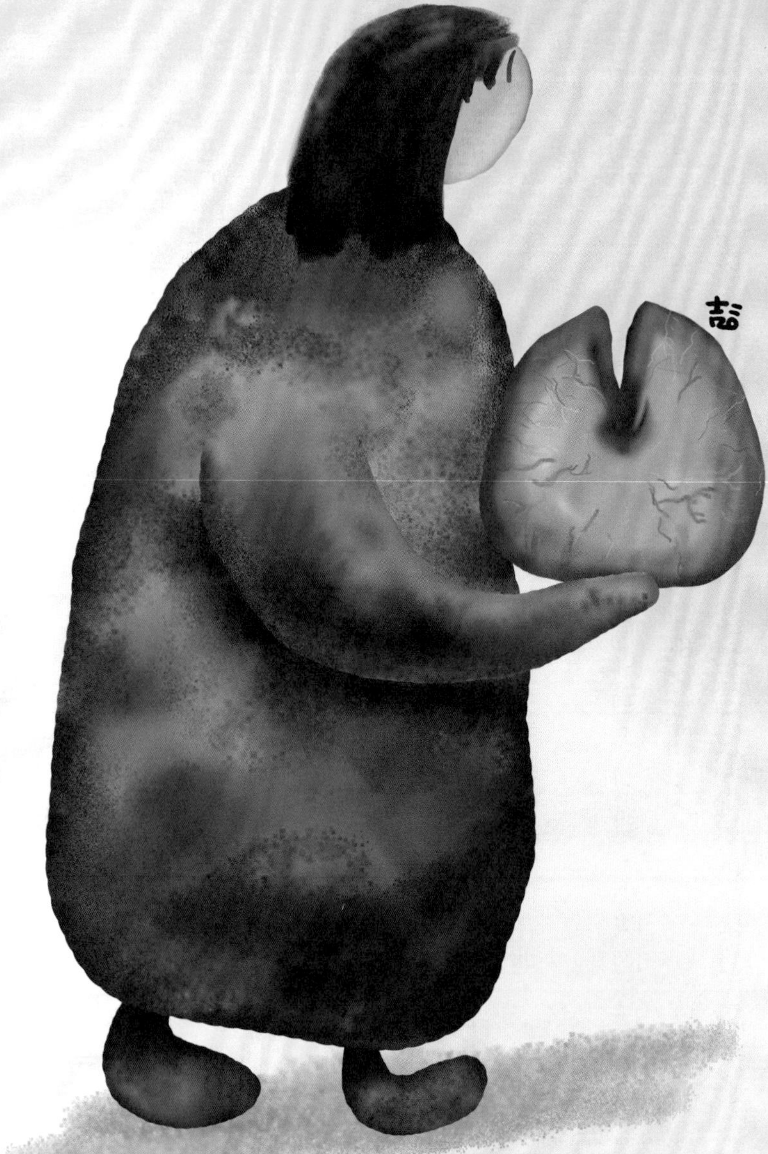

只要乞丐聽到小味說魚，她馬上就撿了一條魚從球上的那個洞投進去；吃到魚的小味，也沒多想，繼續包在自己的喉囊裡等待……

這樣的日子一天一天、一月一月、一年一年的過去，乞丐看著她撿回來的球一天一天的變大，她還是持續把魚投進去……

有一天，正當乞丐要再次投魚進去時，那顆快要大到天花板的球突然一震，身體已經長得比自己喉囊還大的小味，整個身體從繃緊的喉囊裡鬆脫出來，一瞬間，一隻大鵜鶘出現在乞丐的面前，見過世面的乞丐很鎮定，只退後了二三步，張眼盯著小味。

剛從自己的喉囊迸出來的小味，一度還以為終於可以變成一隻大魚了，沒想到，牠發現自己還是鵜鶘，小味失望的「呱」了一聲，垂頭喪氣的倒在地上，「魚魚魚」的低聲嗚叫……

乞丐感受到小味失落的情緒，沒再拿魚給牠吃。過了一會兒，小味的心情稍微平靜，牠開始跟乞丐說起很久以前的事情，以及牠的願望……

「沒關係，想吃更多的魚，我做個魚簍給你。」乞丐把小味當作是自己的孩子已經很久了，她拍拍小味的脖子，理一理小味的羽毛。

乞丐說完領著小味到屋外，瞇眼量了一下小味的身形大小，接著拿起牆邊的一堆竹條，迅速的編織起來，二三下的光景，乞丐編出了一個很合身的魚簍，套掛在小味的身上，同時解說著：「注意，這個要這樣用……」

小味很聰明，一聽就懂，聽完乞丐的解說，立刻展翅起飛，飛到附近的一片海洋，使用魚簍，貼近海面飛行，很輕易的撈起滿滿一整簍的魚，再飛回乞丐家。那個魚簍裝得很滿，沿途還一邊飛一邊掉魚……

後來，小味飛到乞丐家，把魚全倒出來，那時，牠才發現，捕撈到的魚比起想吃的魚還要多，自己一時根本吃不完，於是，小味把吃不完的魚都給了乞丐，並和乞丐成為無話不談的好朋友。

從那時候開始，小味除了撈魚、吃魚、睡覺，剩下的時間幾乎都以自己的喉囊裝著乞丐到處飛行、環遊世界，看遍各地的美麗風景，成為一對令人稱羨的「人鳥拍檔」。

——原載二〇一一年四月《兒童哲學》第四期

**王映之：**

鵜鶘小味幻想著跟蠶寶寶一樣蛻變，也想變成一條魚在海裡吃更多的魚，雖然沒有實現，但一個乞丐幫牠做了一個撈魚的簍子，輕易地撈到很多的魚。從此小味用喉囊裝著乞丐到處飛行，好有趣的拍檔！

**陳品臻：**

鵜鶘小味想要和蠶一樣「變身」，卻無法吐絲結繭，又想變成魚，可是鵜鶘終究是鵜鶘！還好乞丐幫牠做了一個魚簍子。乞丐的好，讓她自己也獲得了許多回報，更得到了一個「會飛的朋友」，多好的拍檔！令人羨慕！

**傅林統：**

想「變身」是很多人的願望，尤其是兒童，其實兒童時時在「變」，這故事裡的鵜鶘小味的變身，有多面向的涵義和啟示，「自知之明」、「互助生存」是當中比較顯明有趣的暗示呢！

# 花苞裡的小男孩

◎ 插畫／李月玲

## 林佳儒

**作者簡介**

喜歡仰望星辰，看著星星對我眨眼睛，
也喜歡大自然潑灑的彩霞，為不捨離去的白日，留下殷紅的記憶；
凝望，讓我的思緒飛得好遠好遠，渲染了整片天空。
捨不得動物難過，所以只吃蔬食，讓動物們快樂地與家人長相廝守。

部落格：「飛梭，時光。」
http://mypaper.pchome.com.tw/theriverinmymind

**童話觀**

童話，讓想像成真，彷彿以手指輕輕碰觸，
就能穿過空氣中那隱微隔著的透明邊界，來到其實一直存在的想像國度。
巨大的能量，讓人瞬間回到童年無憂無慮的時光，
重溫潛藏內心深處對世界的信賴與希望，流動的溫暖，為內心灌注滿滿的力量。

# 1.

一個蕭瑟的秋天，一片楓葉從染紅的楓樹被風吹落，順著風飛行的弧度，飄落到一扇木製的窗前。窗戶裡頭，有張潔淨的床，上面躺了一個小女孩。

小女孩辛蒂生病在家裡休養，她十分想念學校的一切，學校的溜滑梯、同學們喜歡玩的跳格子遊戲，就連

凶巴巴的梅莉安老師也格外令人想念。「咳！咳！什麼時候才可以回學校上課呢？」臥病在床的她連下床的力氣都沒有，她實在沒有勇氣期盼回學校的日子。

這一天，梅莉安老師帶著班上同學一起來探望她。「辛蒂！妳看看誰來看妳了？」打開的門後面，是媽媽雀躍的神情，一張張大大小小洋溢著溫暖笑容的臉龐隨即映入眼簾。梅莉安老師看起來比平常和藹可親，同學們則爭先恐後地坐在軟綿綿的床沿，「辛蒂！」「辛蒂！」此起彼落親切地問候著。

「辛蒂！這是我精心替妳削的筆哦！」

「辛蒂！這顆鮮豔的豆子，可以長出彩色的藤蔓，送給妳！我在學校的花圃也有種喔！」

「辛蒂，這面小黑板送給妳，它像書本一樣大，能輕鬆拿在手上，妳可以運用它在床上練習算數喔！」

一雙雙小手熱情地把禮物往辛蒂推，其中最特別的一個禮物，便是愛心形狀的盆栽了。

梅莉安老師笑瞇瞇地說：「這是我們大家一起到『希望市集』替妳買的，是我們對妳的祝福，希望妳能夠快快好起來喔！」

辛蒂望著滿床的禮物，再環視圍繞在一旁的同學，一股溫暖在她的心頭蔓延開來，眼角滲出了濕潤，她真希望自己能夠快點好起來，繼續跟這群同學一起上課！

## 2.

「細心照料這盆盆栽，會有意想不到的收穫喔！」盆栽前有個小小牌子這麼寫著。

辛蒂輕輕地把愛心盆栽放在窗臺。

她請媽媽每天幫她準備一小杯水，每當媽媽瞧見她細心澆水，再小心翼翼地把盆栽挪到陽光照得到的地方，臉上總漾起溫暖的笑容。辛蒂沒有注意到媽媽的神情，因為她總是專心地望著盆栽，用充滿關愛的語氣說：「小小植物要乖乖喝水、乖乖晒太陽，才會長大喔！」她像個慈愛的媽媽，用心地照顧著她的小小寶貝。

日子一天天過去了，愛心形狀的層層葉子裡，逐漸冒出一個形似包心菜的花苞。經過她溫柔的澆水、照顧，花苞似乎快要綻放了。

在一個月亮高高掛在天幕的夜裡，大地被銀色的月光染得亮白一片。辛蒂正熟睡著，窗臺上的花苞綻開了，出現了一個長了翅膀的小男孩。

## 3.

早晨，小男孩坐在窗臺上望著辛蒂，背著陽光，透明的翅膀鑲了一圈金邊。

辛蒂在金色豔陽的照耀下，張開了眼睛，她習慣性地望向窗臺上的愛心盆栽。她以為自己眼花了，因為刺眼的陽光中，依稀有個小黑影：小小的身軀，後面還有一對蜻蜓般透明的翅膀，「咦？是我看錯了嗎？」辛蒂揉揉眼睛，想再看清楚一點。

「不！妳並沒有看錯！我叫沙比，是住在這棵盆栽裡的精靈，謝謝妳對我的照顧，我才可以順利長大喔！」

辛蒂驚訝地望著小小男孩，他只有五公分高，跟她的迷你訂書機差不多大，他是真真正正的小男孩嗎？

她忍不住伸出手指，輕輕碰觸了一下小男孩的臉蛋！「哇！是溫的耶！」

沙比被搔得好癢，忍不住咯咯笑，拍動翅膀飛了起來：「唉呀！好癢、好癢！別再搔了，我是活的，臉蛋當然是溫的呀！」

從小，辛蒂最喜歡洋娃娃了，這下，有一個「真的」洋娃娃出現在她眼前，她開心極了，於是，她用小籃子和手帕鋪了張小床，放在枕頭旁邊，好讓沙比晚上可以睡得舒服點。

「雖然他來自盆栽，但土壤濕濕的，花苞裡又有花粉，應該不太好睡吧？」辛蒂心想，越看，越對自己製作的這張小床感到滿意。

而沙比早已開始忙碌地往瓶蓋上鑽洞，將鐵絲對穿，打算做成一個小水桶。既然他已經「破花苞而出」，以後澆水的工作，就落在他自己身上啦！

瞧！才不一會兒的工夫，小小水桶已經做好了。沙比提起水桶，拍動翅膀飛了起來，把乾淨的水輕輕澆在盆栽裡。陽光讓他的翅膀顯得晶瑩剔透。

看著他俐落的身影，辛蒂開心地說：「等會兒媽媽來，我一定要跟她分享這個好消息！」

沙比回頭望了望她：「可惜，只有小孩可以看得到我，大人是看不見的喔！」

「為什麼呢？」辛蒂很疑惑，難道她不能跟媽媽分享這個快樂嗎？

「因為大人不相信童話呀！如果妳跟妳的媽媽說，三隻小豬從故事裡跑了出來，她一定不會相信的。如果妳再告訴她，花苞裡冒出了一個小男孩，她也一定覺得妳在講小孩天真的話。大人因為不相信，所以看不到！」

「是這樣嗎……？」辛蒂依稀記得小時候看了大魏威斯納寫的《豬頭三兄弟》

後，害怕大野狼半夜從書頁裡跑出來，擔心得睡不著覺，媽媽擁著她，拍著她的背說：「孩子，那是假的，不會真的有大野狼跑出來啦！」可是，在這本繪本裡，大野狼和三隻小豬明明就在故事裡跑進跑出，還跑到別人的故事裡啊！想到這裡，辛蒂覺得沙比說的好像是真的，那……還是不要跟媽媽說好了！不過這樣還真是可惜！如果媽媽看得到沙比，一定也會喜歡他的！

## 4.

沙比出現之後，辛蒂原本單調的靜養生活變得多采多姿了起來。他們會一起念繪本，沙比扮狗，辛蒂裝貓，配合著情節，汪汪喵喵地叫著，有時媽媽會好奇地打開門看一看，這時辛蒂便一本正經地念著只有貓咪講話的那一頁，好整以暇地對著媽媽「喵～」了起來，總是讓擔心著病情的媽媽一掃臉上的陰鬱，綻放出一朵雨後放晴的微笑。

他們還會一起拿著當初同學探病時送的小黑板，一題一題地算著陌生已久的數學，不過有時算著算著，太安靜了，沙比驅不走不斷騷擾的瞌睡蟲，不知不覺在小黑板上睡著了，而辛蒂也毫不知情地打起瞌睡來，粉筆在瞌睡蟲的指使下，「沙

——」，用力地畫了一下沙比透明的翅膀，「啊——！」沙比的慘叫聲把所有的瞌睡蟲都趕跑了，兩人清醒地看著粉筆的傑作，靜了兩秒，忍不住又噗哧笑了出來。

有的時候，天氣很晴朗，他們會在鮮豔豆子所長成的彩色藤蔓上用牙籤搭起一個又一個的小梯子，理由是：方便蝴蝶、蜜蜂、螞蟻等有興趣鍛鍊體力的好昆蟲們攀爬。平常蝴蝶、蜜蜂飛的飛，螞蟻貼著地面爬的爬，偶爾換換口味，改走梯子，增加新鮮感，來彩色藤蔓探險一番，說不定可以在彩色藤蔓的上方找到昆蟲界的巨人，上演一番「昆蟲與魔豆」的故事來喔！不過，蝴蝶還是在藤蔓旁翩翩飛舞，蜜蜂仍然在豆莢附近辛勤地工作，而螞蟻呢，則是在一旁更矮的綠葉植物上馴養著牠們的愛寵——蚜蟲，聽說蚜蟲所分泌的蜜露是螞蟻界的美食，就像是牛奶對人類來說，是喝了之後忍不住在嘴角留下白白一圈痕跡的美味。雖然牠們看起來對藤蔓上的梯子興致缺缺，不過，沙比和辛蒂仍然樂此不疲，幻想著有一天，蝴蝶公主和蜜蜂王子，以及螞蟻界的大將勇敢地攀爬上梯子，向降落在烏雲上搗亂的外星雷公挑戰，為「想像中」飽受雷電折磨的全人類帶來光明與希望……。

## 5.

每天早上澆完水後，沙比都會坐在陽臺上欣賞風景。看著望著，沙比總會有一番感觸，甚至還有人生的哲理呢！

有一次，沙比望著落葉飄動的窗外，說：「季節讓風景的色調不斷改變，雖然秋天是那麼蕭瑟，冬天是那麼寒冷，但奇妙的是：寒冬過去了，春天就會來到。人生的際遇也是一樣，即使過程再辛苦，但突破了困難之後，心境成長了，擁抱的就會是更美好的明天。」

雖然辛蒂不太懂什麼是際遇，但她隱隱約約知道沙比想要說的意思。已經在床上臥病許久的她心想：「那麼，我也會有康復的一天嗎？」她彷彿聽見了從操場上傳來的歡笑聲，那迴盪在風聲裡的歡愉。而以往和同學們一起嬉戲玩耍的情景，越來越清晰、越來越清晰了。

冬天來了，窗外的大樹不斷掉葉，在北風的吹拂下，樹上只剩幾片葉子在寒風中掙扎。在沙比的陪伴下，病情原本有起色的辛蒂，卻在一次大意吹到冷風後，病得越來越重了。

「唉！」醫生搖搖頭離開了床邊，媽媽神情緊張地跟了出去。

發燒的她，即使只是睜開眼睛，也覺得眼睛好燙好燙，相當吃力。她看著落葉，聯想起自己的病情，頹喪的念頭像壓抑不住的湧泉不斷浮現：「我會不會像那堅持掛在樹上的最後一片葉子，最後仍舊禁不起北風的摧殘，飄落大地呢？」

這幾天，沙比也很安靜。

一個夜裡，辛蒂夢見沙比在向她告別。

辛蒂哭著要沙比不要走，但沙比卻說：「我必須要離開，因為有一個任務正等著我。」辛蒂不解地望著沙比，但沙比卻沒有進一步說明，反而繼續安慰著辛蒂：「人生有聚就有散，雖然我不曉得自己什麼時候能再回來，但只要妳還記得我，我還在妳心中，那麼我永遠都會存在的。」

夢中的沙比翩然飛出窗外，化成半透明狀混入了那掛在樹上的最後一片葉子，在寒風中瑟縮著。

「啊！」辛蒂驚醒，來不及擦去額頭的汗，她緊張地往枕頭旁的小床望去，床是空的！

「葉子！葉子！昨晚的夢裡，沙比是飛到葉子裡去的！」她慌張地望向窗外，那棵樹的最後一片葉子依然努力地依附在樹枝上，雖然和北風對抗的它是那麼堅強，可是看起來卻形單影隻，孤單又寂寞。

「沙比……！你飛到樹葉裡去了嗎？」望著空蕩蕩的小床，她的心裡難過極了。她用手抹去眼角的淚，卻意外地發現手掌心裡寫著一行密密麻麻的小字：「記得，冬天過去了，春天就會來，當樹上冒出嫩芽，就是希望來臨的時候。」

辛蒂想起了過去和沙比一起望著窗外的情景，想起以前有沙比陪伴的日子……，藏著快樂回憶的繪本、小黑板和彩色藤蔓都還在，可是他卻已經不在這裡了！他是不是真的飛到樹葉裡去了呢？悲傷與不解化作巨浪一波波侵襲著她的心。

「咳！咳！」原本病情就加重的她在激動的情緒下，強烈地咳了起來。

張開遮住咳嗽的手，沙比留在她掌心上的字再一次映入眼簾，很奇妙的，一股堅定的力量突然從她的內心竄起，一個微妙的希望輕輕在心湖泛起漣漪，「會不會沙比真的變成了那片葉子，在精神上支持著我，讓我的病快點好起來呢？他在夢中對我說要完成一個任務，那任務完成之後，我們是不是就可以見面了？」

帶著期待，她輕握起拳頭，有股暖流逐漸包覆著她，她感到一股前所未有的輕盈。

輕輕閉上眼，在模糊間，她覺得自己長了一對翅膀，在寂靜的藍天裡飛翔。

## 6.

隨著寒冬過去，春天漸漸來臨。

大地回暖，綠葉萌生，光禿禿的樹枝興致勃勃地冒出了嫩芽。靠在窗臺旁的辛蒂想起了沙比的話，不禁喃喃自語：「希望來臨了嗎？」

枝葉日漸茂密，溫暖的氣候也使辛蒂的病很快的好起來。睽別許久，終於可以回到想念已久的學校了。

提著書包，穿著黑亮皮鞋的她踏出了許久以來跨出家門的第一步，她深深地吸了一口摻雜著鳥語花香的空氣，忍不住讚嘆地說：「哇！多麼清新啊！」突然，她想到什麼似的，先暫停迎接新生活的歡欣，轉身向媽媽說了一個已埋藏在心裡許久的祕密——沙比！沒想到，媽媽真的一臉茫然，「盆栽？沙比？」對媽媽來說，盆栽一直是盆栽，哪來沙比的身影呢？

辛蒂的心一陣揪緊，隨即卻搖搖頭把心裡的難過趕走。

「即使全世界都忘了你，我也不會把你忘記的，沙比。」她面帶笑容地望著天空，天空似乎有個透明的影子——沙比，正對著她微笑。

把沙比深深收藏在心裡，暫時放下想念，辛蒂把思緒轉到了學校：「梅莉安老師還是凶巴巴的嗎？不知道同學的鮮豔豆子種得怎麼樣了？」她忍不住加快腳步，想要早點踏入學校，奔向那充滿期待的未來。

「耶！辛蒂，妳回來了！」

「耶！太棒了！」

「太棒了！」

同學們的歡呼，讓她感到滿室的熱情。

重回快樂校園的懷抱，她的心跳得好快好快，但，在下一瞬間，急速的跳動卻停止了一拍。

教室裡有個熟悉的背影，跟那許多個日子裡坐在窗臺前凝思的身影一樣，只是放大了好幾十倍。

一旁的同學笑瞇瞇地說：「這學期從精靈村莊轉來了一個新學生，妳看！就是他！」

彷彿聽到了同學的介紹，男孩回過頭來，那掛在嘴角邊的笑容是如此熟悉，那雙清澈的眼眸多麼令人懷念！……沙比！是沙比！

邁不出因興奮而顫抖的雙腳，辛蒂只能站在原地看著沙比走過來，沙比滿臉笑容地說：「恭喜妳恢復健康，回來上課了！」

「是真的嗎？」辛蒂不敢置信地問：「你真的是沙比嗎？」

「是的！」他肯定地點點頭，「很謝謝妳始終記得我，我能夠站在這裡，妳的『記得』幫了我很大的忙。」

## 7.

好不容易等到放學，他們雙雙坐在樹下，沙比說起這段日子他消失到哪兒去的事。

「其實，我們精靈村莊的精靈，一直都很想到人類世界走走看看，但精靈是透明的，除非施點魔法，否則即使到人類世界，人類也看不到我們，這樣一點也不好玩。

「有一天，我在一本古書裡看到：如果精靈能夠幫助人類，並且讓人類記得自己的話，就能夠化身為人類，到人類世界去居住。

「我覺得很有趣，於是，把自己變得很小很小，藏身在花苞裡。我施了點小法術，好讓照顧這盆花的人能看到我。那盆花，剛好放置在妳房間，在花開之際，我們見面了。

「雖然每天總會有些快樂的事情發生，但妳的身體狀況讓我很憂心，看妳康復的情形不佳，意志一天天消沉下去，我決定要做點事情來幫助妳。妳總是望著那片葉子，希望葉子不要掉下來。於是，我運用精靈族特有的法術，將那片快要掉落的葉子緊緊黏在樹枝上，因為我知道這片葉子對妳來說是一種投射，是病好的希望。之後，我離開了人類世界，到精靈村莊祈求精靈長老，想讓妳恢復身體健康。

「精靈長老以前曾經有一個非常要好的人類朋友，在人類朋友年老離開人世後，精靈長老依舊很思念他。在這樣的心情裡，他格外同情妳的際遇，於是，他教我幾個方法，讓我能夠默默祝妳恢復健康。

「每天，我都到太陽的門前等待，等了一整個晚上，直到凌晨來臨，睡眼惺忪地看著太陽開門，我請求他務必到妳的窗前走走。

「太陽很好心，他答應了我。於是，他每天都到妳的窗前看看妳，摸摸妳的臉頰，讓妳的臉頰變得紅潤。

「接著，我到白雲的家，請白雲寶寶答應我，在妳的窗前變魔術給妳看。白雲寶寶最愛玩了，每天飄著玩著，總不忘到妳的窗前變換各種造型，讓趴在窗臺上的妳，能夠自由想像。

「我還到星星國度拜託星星，請她們在晚間盡情展現自己的美，把自己打扮得璀璨耀眼，好讓望著星星許願的妳，能夠得到像眼淚一樣美麗的回應。」

「原來……，這些都是你默默為我做的事！」辛蒂相當驚奇。沙比離開後的日子，天氣常常很好，白雲變幻成各種美麗的造型，就連星星，也總在她許願後，俏皮地對她眨眨眼睛，原來，這一切，都是他為她所做的。

「雖然我離開了，但我的精神其實一直陪伴著妳啊！」沙比愉快地說。「因為妳始終記得我們的友誼，所以，妳瞧！我在這呢！我真的變成人類，可以在人類世界生活喔！」

「哈！哈！真是太令人高興了！歡迎來到人類世界！有什麼需要，請儘管開口，讓我這個地主有好好表現的機會喔！」辛蒂開心地拍拍沙比的肩膀。

他們起身，往夕陽落下的方向走去。

在美麗的夕陽餘暉中，他們的影子拉得又細又長。

微風輕輕地哼唱，彷彿在歌頌這份美好的友誼。

兩朵白雲，微笑地跟在他們上方的天空，輕晃著頭快樂地飛翔。

「只要記得，很多事，一直都存在著，」在風的吹拂下，大樹沙沙地呢喃著，「只要相信，許多奇蹟，都會發生。」

——原載二〇一一年二月二十七～二十八日《更生日報・副刊》

**王映之：**

善良的辛蒂病了一場，還好有沙比陪伴，度過了令人煎熬的痛苦。故事告訴我們「只要相信，奇蹟就會發生！」像存在我們心中的童話城堡一般，溫馨無比！

**陳品臻：**

透過小女孩辛蒂的眼睛，讓我們看見既虛幻又真實的世界，「思念」是一種魔力，喚起彼此之間的種種回憶；「相信」是一種信念，讓你有毅力度過難關。是充滿溫馨友誼的感人故事。

**傅林統：**

看得見小精靈的孩子，何等快樂！作者營造了詩情畫意的氛圍，讓讀者自由翱翔在想像的世界，享受的是善意、創意、美感的饗宴。

# 卷二
# 換個角度看童話

# 蝸牛慢慢走

◎ 插畫／李月玲

## 郭慈明

**作者簡介**

二○一○年八月，那時我才剛到德國半年，突然下定決心好好的寫故事，
說「突然」完全符合事實，就像一閃而過的流星，沒有任何前兆，
當我意識到的時候，「寫故事」的想法已經牢牢的存在了。
我猜想就是在德國這樣與臺灣截然不同的生活節奏中，
讓我有空間可以容納這樣的念頭。

**童話觀**

童話是一座想像的遊樂園，
向藏在心中的小孩學習怎麼去想像和玩樂。

颳起一陣風，太陽褪了色，熾熱的光躲在雲後。蝸牛探出頭來，扭扭身體，要去散步。

蝸牛一邊走一邊唱：「我是蝸牛，慢慢走，慢慢爬，慢慢去看世界有多大。」

一步、二步、三步，蝸牛好快樂。

小蛇在草叢間溜行。蝸牛遠遠就聽到了小蛇滑行的聲音，高興地扯開嗓子大喊：「小蛇，早安啊！」蝸牛才往前走了一步，小蛇就已經溜到蝸牛的身邊，「嗨，你好！」小蛇說。還沒等蝸牛說話，小蛇就溜走了。遠遠地，小蝸牛好像聽到小蛇說：「對不起，我快要來不及了，我要去旅行，再見！」看見小蛇走得這麼快，蝸牛小聲說：「小蛇走得好快喔，真好。不過，慢慢走也很好。」說完，蝸牛一邊走一邊唱：

「我是蝸牛，慢慢走，慢慢爬，慢慢去看世界多麼大。」

知更鳥站在小石頭上，蝸牛看見知更鳥，將自己的身體拉到最大，努力爬得快一點，他爬到石頭下跟知更鳥說：「嗨！我今天發現了一片紅色的楓葉喔，秋天真的來了，對不對？」知更鳥拍拍翅膀說：「我早就知道了啊，楓葉好早好早以前就變紅了。」還沒等蝸牛回答，知更鳥說了聲再見，已經穿過樹林，在天空中飛翔。蝸牛仍然大聲地跟知更鳥說：「下次見！」一面想：「知更鳥飛得好高，要是我可以飛就好了。可是，慢慢走也不錯吧！」然後，一邊走一邊唱：「我是蝸牛，慢慢走，慢慢爬，慢慢去看世界怎麼這麼大。」

「咚咚咚」從不遠的地方傳來很輕很輕的震動，蝸牛知道是小兔子的腳步聲。蝸牛看見小兔子蹦蹦跳跳，忍不住學起小兔子。「一、二、三，跳。」「一、二、三，跳。」他很用力，可是卻怎麼也跳不起來。小兔子看見蝸牛紅紅的臉問：「你在做什麼啊？」「我好想像你一樣。」蝸牛說。

小兔子：「一樣什麼？」蝸牛：「像你一樣可以蹦蹦跳跳。」小兔子：「真的耶！可以蹦蹦跳跳真的很好。」蝸牛：「你可以教我嗎？」小兔子眨眨眼睛說：「可是你是蝸牛，蝸牛是沒辦法蹦蹦跳跳的。」說完，小兔子不忍心看到蝸牛失望的表情，馬上蹦蹦跳跳地離開了，留下蝸牛在原地。蝸牛不想散

步了，縮進家裡唱著：「我是蝸牛，只能慢慢走、只能慢慢爬，不會跑、不會飛、不會跳，怎麼知道這個世界有多大。」

蝸牛唱了很久很久，大概是烏龜走一百三十六步那麼久，蝸牛越唱越難過，突然，他聽到「蝸牛！蝸牛啊！」「咦？這不是烏龜的聲音嗎？」蝸牛伸出頭來，看見烏龜站在外面，深藍色的心情像被流水沖過一樣，變淡了。

「蝸牛，我們去走一走好嗎？」蝸牛跟著烏龜一起走，一步、二步、三步，他們走得很慢很慢，烏龜和蝸牛什麼也沒說，直到第三十二步時，烏龜撿起掉在地上的松果送給蝸牛說：「蝸牛，你看這個松果！」蝸牛看著松果說：「嗯，它好小好小，比櫻花還小，從上面看，它就像一朵花。」烏龜聽見蝸牛這麼說，又仔細看了一遍，開心地說：「真的很像一朵花，從側面看是五層，每一層都有五個小波浪，好美喔！」「真的好美啊！真是太美了。」烏龜和蝸牛一起說了好多遍。

「烏龜，告訴你喔，我今天發現了一片好漂亮的楓葉，走在那一片楓葉上，葉子會發出好小好小好小的聲音。」蝸牛伸長脖子精神十足地說。

「真的嗎？走在一片葉子上會有聲音嗎？」

「是啊！」蝸牛笑著說。

「蝸牛，你總是可以發現我沒發現的。」

「烏龜，你怎麼知道我在這兒呢？」

「是兔子告訴我，他知道你很難過。」

「烏龜，我現在不難過了，其實慢慢走真的很好。」

「雖然我永遠永遠也沒有辦法像兔子一樣蹦蹦跳跳，可是我可以走在葉子上。你知道嗎？走在葉子上，如果剛好有一陣風輕輕吹過來，盪啊盪，很好玩喔。」

烏龜點點頭說：「對啊，慢慢走真的很好。我們總是可以發現腳下有什麼。」

然後，蝸牛和烏龜繼續慢慢走，一步、二步、三步，烏龜走得很慢，蝸牛走得很慢很慢很慢，他們一點一點的發現這個世界。

「烏龜，你看金色的雨。」蝸牛說。

烏龜跟著蝸牛的視線，看見一片洞洞葉，陽光穿過洞洞葉，就像一場金色的雨。「好美的幸福啊！」烏龜說。

蝸牛和烏龜走得很慢很慢，他們每天都在旅行。

——原載二〇一一年一月《兒童哲學》第一期

—編委的話—

**王映之：**只有像蝸牛那樣慢條斯理的走著，才有辦法體會走在楓葉上，聽到楓葉發出的美妙聲音。故事就在啟示我們：生活中很多的美必須放慢腳步、放鬆心情才能察覺得到啊！好好活在當下，細細品味隨處存在的美吧！

**陳品臻：**慢慢走，能發現生活中的種種奧妙，慢慢走，更能細細品嘗生活中的小地方。有句話說：「人生就像一杯茶，若一飲而盡，便會提早見到杯底。」因此，我們不該囫圇吞棗的過生活，而是要像蝸牛般細細品嘗、發現生活中的美。

**傅林統：**

慢慢的、細細的去發現，於是再平常不過的松果，竟然是再美不過的五層塔，楓葉是再大不過的樂土。蝸牛走得很慢，可是每天都在走，含蘊豐富的哲理和啟示。

# 黑貓詩人

◎ 插畫／李月玲

## 謝鴻文

**作者簡介**

現任虎尾科技大學通識教育中心講師、SHOW影劇團藝術總監。
兒童節生，天意注定和兒童有不解之緣，
曾得過兩岸三地超過三十項文學獎，出版過十幾本書，
自詡要做孩子純真心靈的守護者。

**童話觀**

以愛為行李，從想像啟程，我正在行腳中的臺灣，
囑我以故事文字記錄歷史與人文、自然與風俗交織的美好。

我喜歡降落在這個叫「九份」的山城聚落。

春天時候，我是細細如針，綿綿密密地把這裡變成水漾透明，所有古老建築的身世彷彿因此看得清楚。

夏天時候，我總愛在午後，伴隨著雷聲一起來，我會像撒豆子一般，把每一棟房子的屋瓦敲得叮叮咚咚響。

秋天時候，當山頭芒花片片，我常帶著薄霧而來，好像串織了一張大面紗，把九份的面容遮住幾分。

冬天時候，陪我一去拜訪的總是寒風，風咻咻咻吼叫著，我也不甘示弱啪搭啪搭下著。

去年春天，我在這裡認識了一隻很特別的黑貓，他的名字也很特別，好像外國人的名字，叫作——波伊特。

九份這裡的人家，建築物因應多雨的天氣型態，屋頂習慣使用木梁，上面再覆上木板後，還要橫直覆蓋兩層俗稱「黑紙」的油毛氈，最後再塗柏油保養，可以防風抵雨。灰色的建築，漆黑的屋頂，色彩的單調卻成了這兒的特色。我第一次見到波伊特時，他就坐在輕便路上一棟房子的屋頂上，動也不動，不仔細看還會以為這戶人家屋頂上被丟棄了一隻絨毛玩偶。

「下雨了，你不怕我把你淋濕嗎？」

「詩！我最喜歡讀詩了！」波伊特眼睛突然發亮，答非所問。

我很好奇追問：「那你說說看，你讀過誰的詩？」

「多著呢！我讀過詩經、唐詩、現代詩、童詩、莎士比亞十四行詩……」

「為什麼你喜歡讀詩呢？」我輕輕地滴落在波伊特的頭上，他也輕輕地喵了一聲。

「我的主人收藏很多詩集，我無聊跟著看，沒想到一看竟然愛上了，對我來說，詩就像一條會發光的魚，只要你安靜潛入書裡，你的心靈就能捕捉到、品嘗到它獨特的美味。」

聽完波伊特的形容，從那一刻開始我就覺得他是一隻很特別的黑貓，一直到現在未曾改變。

可是夏天之後，不知怎麼一回事，我都沒再遇見過波伊特了。

時間如水靜靜流逝，今年夏天的一個黃昏，我又和波伊特重逢，再見到他是在雞籠山山區小徑。

月芽

「波伊特，好久不見啦！你看起來好像變蒼老了？」

「哀傷奪走我的年輕帥氣了。」

我從他眼睫毛滑落前，不禁直視他的眼睛，看起來的確少了精神和光彩，於是我關心的問：「你是不是生病了？」

「唉！不是我生病，是我的主人生病一段很長的時間，兩個月前他過世了，我好難過呀！大部分的人總是以為狗是人類最忠實的好朋友，我們貓也是啊！我在他生病時，幾乎沒踏出過家門。」

看著波伊特眼神空洞、哀傷的樣子，我有一陣子沉默無語，只是無聲滴落。

又過了一會，我忍不住才問他：「所以……你獨自逃到山裡療傷嗎？」

「是啊，雖然心裡還是有一點悲傷，但這裡白天天氣好時，可以遠眺蔚藍海洋；夜晚，可以看見海面上漁火點點，和九份街上的熒熒燈光互相輝映。我就想，人間還有這麼多美麗的風景，我的主人來不及看到的，我應該替他看，漸漸地把悲傷遺忘，才又找回勇氣和生存的力量。」

為了幫助這個朋友快樂起來，我想起他最愛詩，所以我告訴他：「我跟你說，剛才來之前，我遇見一個年輕人，他坐在一家咖啡館戶外座位上寫詩，他在題目下面有簽名，詩的內容也被我看到了，很有趣喔，你想不想聽？」

一提到詩，果然是讓波伊特恢復活力的興奮劑，他的眼神忽然又變回我熟悉的光亮。

「快念給我聽！」

「嗯，聽好囉：

寫歌　謝鴻文

雨想寫一首歌
已經譜好曲
還在想歌詞
雨想著。
想著。。
雨想著。。。
想著。。。。
雨想著。。。。。

想著。。。。

墨水快用完了

歌詞還是沒寫成

雨還在想著。想著。。」

波伊特聽我朗讀完，他居然用力鼓掌，然後哈哈笑著說：「你們雨的腦筋很不靈活，所以寫不出歌。快告訴我那個年輕人在哪一家咖啡館，我想去和他做朋友。」

「他的稿紙被我淋濕了，說不定離開了。」

「那你更要幫我找到他，這樣才算朋友對不對！」波伊特撒嬌說。

「好吧，誰叫我們是朋友，誰叫我要先提起這件事……」我嘀嘀咕咕說著，要離開時，看見波伊特遞給我一個像彎彎月亮的微笑。

——原載二〇一一年三月十四日《國語日報・兒童文藝》

**王映之：**

透過雨水和黑貓詩人的對話，才知道春天的九份是細雨綿綿的水漾透明、夏天的九份是叮咚作響的雷雨交加、秋天的九份是薄霧瀰漫的幾分羞澀、冬天的九份是風蕭蕭兮寒風怒吼！尤其那首雨想寫的歌，一切盡在不言中。

**陳品臻：**

透過黑貓和雨的對話，讓我看見九份四季不同的風貌：春天的綿綿細雨；夏天的午後雷陣雨，秋天伴隨著薄霧；冬天與寒風作伴。風光情調多麼迷人的小鎮！故事啟發我們更多元的品賞景色。

**傅林統：**

作者轉換觀點、位置、身分，以「雨」和「貓」的眼光看自己的詩，既充滿詩情畫意，又創意十足，的確不同凡響！

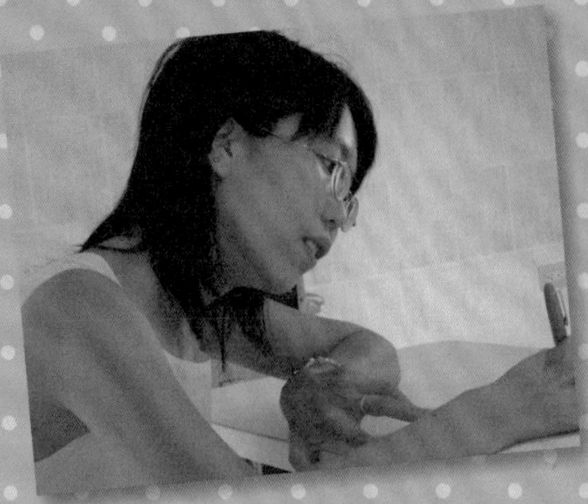

# 冬天，很無聊嗎？！

◎ 插畫／李月玲


## 黃蕙君


**作者簡介**

從童話故事到故事繪本，每一個小小的故事，
不論結局是快樂或是悲傷，是驚奇或是遺憾，
它們都是我與孩子們生活的寫真，
只要生活一直進行，我就會一直寫下去。

**童話觀**

就像每一個緊緊的擁抱跟親吻，
童話，就是寫故事人想要送給大人、小孩的，
能夠讓人打從心底感覺溫暖的、最美好的禮物。

哈哈山是一座害羞的山，經常躲在厚厚的雲層後面，只有在天空晴朗得透出晴光的日子，它才會紅著臉從高高的天邊偷看大家。

這一天，月亮剛打完下班卡，準備和打著哈欠的太陽交班、乖乖回家睡覺。乾淨的陽光踏著好輕好輕的腳步，從東邊那端跳啊跑呀、跳啊跑呀，不一會兒還在冷冷的空氣中轉圈圈，和冬天打了幾個漂亮的結，最後才穿過樹梢，停留在哈哈山的鼻尖，癢癢的感覺讓它忍不住「哈、哈啾！」打了一個很大的噴嚏，這個時候，正好一陣牽著雪花的北風吹來，就把哈哈山給吵醒了。

被吵醒的哈哈山用力眨眨眼睛、扭一扭有些變瘦的腰，然後才睜開眼睛看看四周，發現右肩上的積雪又長高了兩公分，於是皺了皺眉，有些不高興地抱怨：「真討厭，冬天，怎麼還賴著不走啊！」

哈哈山不喜歡冬天！

冬天一到，整座森林就會變得靜悄悄地不再熱鬧，動物們紛紛躲進洞裡睡覺，小鳥不再唱歌，棕熊弟弟不會鑽哪鑽進它的懷抱裡撒嬌，小朋友也不會拉著爸爸媽媽的大手，全家人一起到它身體裡的彎曲小路上散步，然後快樂地邊走邊跳，還會發出忽大忽小的笑聲、說話聲，雖然哈哈山總是躲在雲後面，不好意思讓人們看見自己的臉，但是，它真的好喜歡聽見小朋友的笑聲，哈哈山覺得，小朋友的笑聲就是世界上最美麗的聲音。

一想到這裡，哈哈山重重嘆了一口氣，就在同一個時間，它聽見左邊肩膀上的老松樹「哈哈哈、哈哈哈！」大笑出聲，哈哈山疑惑地偏了偏頭問：「喂，究竟是什麼事情這麼好笑？」老松樹回答：「我在笑你啊！你啊，真是一個大傻瓜！」

什麼？我是傻瓜?!沒有聲音的冬天已經夠無聊了，還要莫名其妙被住在一起好幾十年的老朋友取笑，心裡真的覺得有一點點不高興，它嘟著嘴問：「我、我哪裡好笑啦?!」

「我笑你老是愛抱怨，卻從來不曾用心發現，其實我們的生活裡頭，到處都有好玩的新鮮事！」老松樹說。

老松樹微笑著，又老又乾的臉被微笑畫出幾條深刻的痕跡，接下去說：「你看，天空一片、一片落下的雪花，轉呀轉呀、轉呀轉呀，看起來，是不是像在跳芭蕾舞的小白花？」

哈哈山抬起頭，眨了眨眼，靜靜看著天空，沒有說話。

「那些不停經過的風，」老松樹用一種非常慈祥的語氣繼續說：「咻——

咻——咻的，像不像背著沙包跑障礙賽的運動選手，明明想要跑很快，一雙腳卻被鐵鍊拖著，怎麼跑都跑不動，所以才會發出濃濃的喘氣聲音。」

哈哈山一邊聽著老松樹的描述，一邊觀察、想像那一次又一次匆匆從臉龐畫過的風，眼睛瞇瞇的，嘴角漸漸露出笑容。

「還有啊，」老松樹發現哈哈山開始變得專心聽他說話，語氣更柔軟了：「仔細聽聽看，樹梢上一顆又一顆結成冰的小水珠，風一吹來，變成一串串水晶風鈴，那聲音鏗鏗鏘鏘、叮叮噹噹的，多好聽哪！

「再看看你右腳邊那一整片梅花樹，樹梢尖上的花都開了……」老松樹沒有打算停下來，正準備繼續說的時候，哈哈山突然搶著接話：「像手牽手出門散步的小天使，臉蛋粉粉嫩嫩，聞起來好香好甜，好可愛喔！」

老松樹像是正在讚美一個剛剛開竅的小孩，刻意地點點頭，說：「是啊，說得很好。」

「還有還有，」受到鼓勵的哈哈山，興奮地瞪大眼睛向四周尋找更多新發現，然後大聲嚷嚷：「你看、你看，冬天的湖水安靜地一動也不動，看上去濕濕滑滑，既透明又湛藍，就像是加了蘇打粉的超大果凍，仔細聽，還有小泡泡在裡頭咕嚕咕嚕游泳的聲音呢！」

「呵呵呵，是啊、是啊！」老松樹搖晃著沉重的樹枝，笑嘻嘻分享著哈哈山的快樂。

看見老松樹皺皺的笑臉，哈哈山搔了搔頭，弄掉一地細白雪花，有些害羞地紅著臉對老松樹說：「你說得對！只要用心觀察和發現，即使是下大雪的冬天，也一點都不無聊！」

就這樣，原來冷颼颼的冬天早晨，因為哈哈山與老松樹一來一往的笑聲、說話聲，似乎顯得溫暖許多，帶著一絲暖意的空氣輕輕拂過蟲蛹，讓睡夢中的毛毛蟲誤以為春天已經來到，急著想要爬起身來咬破蛹殼，重重的眼皮卻仍然抵擋不住睡意，怎麼樣都打不開，毛毛蟲伸了伸懶腰之後，翻過身又一下子睡著了。

冬天的風還在和著雪花呼呼吹著，不無聊的哈哈山和老松樹，卻已經找到讓眼睛、耳朵都熱鬧起來的方法，就好像春天真的提早來報到那樣，不只身體，連整顆心也感覺暖洋洋的。

而且最棒的是，對哈哈山來說，冬天不再令人討厭、令人感到無聊，而是一個有趣又有意思的、最好玩的季節！

——原載二〇一一年四月五日《更生日報・副刊》

## 編委的話

**王映之：**

冬天的山彷彿「寂靜入滅」似的，其實不然，只要仔細觀照，就可以發現：片片飄落的白雪像是舞著芭蕾的小白花；樹間的寒風像是拖著鐵球急促喘氣的賽跑選手。只要用心，山裡的冬天一點也不無聊。

**陳品臻：**

忙碌的生活步調令人喘不過氣，但碰上寒暑假，又讓人忍不住大喊「好無聊喔！」其實，只要用心觀察，用心體會，用耳傾聽，一片片落下的雪花，一朵朵含苞待放的花兒，風的呢喃，雨的細語，生活周遭處處是驚喜！

**傅林統：**

只要睜開看得見大自然背後的影像那另外一雙眼睛，也豎起聽得見天籟的另一對耳朵，冬天會無聊嗎？這樣使用心眼、心耳的祕訣，透過哈哈山的鳥獸、花木，構成活潑的故事，內涵格外深刻。

# 遠山

◎ 插畫／潔 子

# 陳彥廷

**作者簡介**

南投人，臺師大地理系畢業，目前任教於國立華僑實驗高中。

寫作本來只是為了在慘綠陰鬱的少年時期尋找出口，
後來成為生活中理所當然的事情。
曾獲紅樓文學獎、文藝創作獎、天書在線小說獎等文學獎項，
著有中篇小說《蜂》、短篇小說集《青春》。

**童話觀**

隱喻的真實世界，訴說普世價值觀與教育意義。
最重要的是，有趣。

「就是這裡，」王子一邊歪著頭，一邊皺眉想著，「終於走到這裡了。」

遠遠看去，黑陰陰的天空下，有座又大又舊的城堡，城堡大門前，站了一個又矮又醜的王子，王子身邊有匹高大而溫順的紅色駿馬，馬兒亮眼的外型，與王子的不起眼形成強烈的對比。「該繼續往前走嗎？」王子摸著馬兒頭上的鬃毛，不經意的詢問著。

馬兒嘶嘶叫了兩聲，就地蹲了下來。王子溫柔的對馬兒說：「你也累了啊？我也累了，那就先在這裡休息吧！」

馬兒又嘶嘶的兩聲。

王子席地而坐，解下腰上的水壺，喝了口水，也倒些水給馬兒，對馬兒說：「去找些東西吃吧！然後好好休息，不要跑太遠。」

接著，王子雙手枕在腦後，平躺在地上，觸目所及的景色，淨是黑壓壓的烏雲，低低的，一層一層重疊著，好像隨時會下雨，又總是下不來。空氣異常濕熱，使得王子的盔甲裡充滿臭味四溢的汗水，但是這一路以來的危險，讓他不敢貿然脫下護身盔甲。「要忍耐，」他想起了母后對他說過的話，「忍耐，是為了更重要的東西。」

在這之前，第一次出遠門的王子已經通過無數的考驗：他從溫暖舒適的城堡出發，長途跋涉過遼闊的沙漠、陡峭的岩壁，與荊棘滿布的叢林，每一段旅程，都在他瘦小的身軀上留下了證明——那些驚險的記憶，與他手上、臉上的斑斑疤痕。

「受傷的時候還真痛呢！想不到這麼快就好了！」王子摸著他的疤痕時，一邊想著。王子並不在乎他的臉上多了幾道疤痕，相較於在沿途上看到那一堆堆的白骨，能夠走到這裡，已經是非常幸運的事情了。

王子回味著這趟旅程中遇到的點點滴滴，不知不覺，腦袋又浮現了阿娣的臉龐——

當時，王子正步履蹣跚騎在馬背上緩步前進著。太陽很大、空氣很乾，而且隨時都會有可怕的沙塵暴發生，已經筋疲力盡的王子，只能漫無目的的行走著。他已經好幾天沒吃沒喝，水壺和背袋也都空空如也——

無論如何，他都無法再向前走一小段路程了。

正當王子徬徨無助時，他看到了前方有群羊正在吃草，當馬兒走到羊群附近時，王子迷迷糊糊的摔下馬來，昏了過去。

王子醒來時，發現自己躺在一個帳篷裡，由一位女子一手抵著他的背，一手徐徐餵他喝藥，「不要亂動，」女子說，「把藥喝了，然後乖乖休息。」

王子聽了她的話，把好苦、好苦的藥都吞進肚子裡。

「我叫阿娣，」女子說，「是我把你救回來的。」

阿娣一邊說話，一邊拿起碗往外走，「你也是為了城堡裡的公主而來的吧？」

「嗯。」才發出一點聲音，王子就已經虛弱到沒力氣說話，他想再多問些什麼，阿娣卻向他搖搖頭說：「不用擔心，馬兒我已經替你照顧了，你現在需要多休息，不要說話。」

王子這才放心的躺下來，過不了多久，又昏昏的睡了過去。

再醒來時已經是半夜，王子睜開眼睛後，好不容易撐起身來，看見把床讓給自己的阿娣，正躺在地上靜靜的睡著。他悄悄起身，用最低的音量下床，舀一碗水缸裡的水來喝，然後坐在床邊，細細的環顧這個小帳篷。

除了床、水缸、幾個鍋碗瓢盆，與王子自己的盔甲行李之外，帳篷裡什麼都沒有，甚至連最簡單的桌椅都缺乏，這固然不能與皇宮裡的擺設相提並論，就連尋常老百姓家的狀況都比不上。「竟然有人這樣活著，」王子心想，「我怎麼都不知道？這世界上竟然有人連張桌子都沒有！」

然後王子的眼睛停留在阿娣身上。

阿娣與他在皇宮裡所看到的女子不太一樣：她沒有烏黑的長髮、漂亮的五官、清瘦的身材；她被太陽晒得黑黑的臉上，布滿了因為風沙磨蝕而刮出的紋路；身體則因為長期趕羊與搬運重物，顯得有些健壯。

過一會兒，阿娣醒了過來，看到起身坐在床邊的王子，便問道：「比較好了吧？」

王子點點頭。

阿娣說：「本來我們已經要離開了，不過碰巧遇到你，就多待了幾天。幸好有待下來，你知道嗎？我從來沒在沙漠中看到彩虹，前幾天下雨了，我看到天空上一道一道彎彎的、彩色的東西，看了好久，才想起來，那就是小時候媽媽跟我說過的彩虹。」阿娣說到這裡，笑了起來。

雖然她長得不漂亮，但看著她，就能讓王子心裡充滿溫暖。

阿娣繼續對王子說：「不過真的不能再停留下去，你的馬兒和我的羊群都沒有草吃了。所以，如果可以的話，我們明天就出發，好不好？我知道你的目的地是城堡，但你現在還很虛弱，一個人去城堡太危險了。要不你就先跟著我走，把身體養好後，再去解救公主，這樣好嗎？」

阿娣商量的語氣中，帶著一種溫柔的威嚴，讓王子無法拒絕。王子想了想，便微微點頭表示贊同。

「睡吧！」阿娣說，「明天一早我們就得出發。還有，我怎麼稱呼你？看你的裝扮，應該是個王子吧？我頭腦不好，不太會記別人的名字，我就叫你王子好了。」

王子又點點頭。

然後阿娣轉過身，不一會而又呼呼大睡起來；王子聽著外頭羊兒的叫聲，一邊想著這幾天的遭遇，怎麼也睡不著。

隔天早上，阿娣熟練的拆掉帳篷、趕起羊兒；王子則牽著他的馬匹，跟在阿娣的後面走著。

「看到那座山了嗎？」阿娣指著遠方雲霧中的一抹山脈，「那座山叫作『遠山』，你要去的城堡，就在遠山後方。」阿娣說，「現在我們就是要往那個方向

走，遠山附近的雨季要來臨了，到時羊兒就會有足夠的水草，不必像現在這樣捱餓。」

「你與你的羊兒一直是這樣到處流浪的嗎？」王子問。

「不是的，」阿娣回答，「本來遠山的山腳下有個湖泊，湖邊一年四季都是綠油油的草地，我和爸爸、媽媽就住在那裡，倚著湖放羊。

「大約在我五歲那年，不知哪裡來的謠言，說湖底有批價值連城的寶藏，結果好多人來尋寶，寶藏沒有找到，卻把草地踏禿了、湖泊挖乾了，讓原本的綠色草地都成了沙漠，只有在雨季來臨時，大地才會長出一點點的青草。

「我們沒辦法繼續在那裡定居，只好到處流浪，尋找水草過活。後來，爸爸媽媽都受不了辛苦，相繼生病過世，就只剩下我一個人。

「不過這都過去了，」阿娣天真的說：「現在有羊兒陪著我，我高興時就唱歌給羊兒聽、難過時就跟羊兒說心事，我還有整片的天空，每天晚上，我看著滿天星星，就好像看到了我的爸爸媽媽，我知道，他們從來沒有離開過我。」

聽到這裡，王子停下腳步，愣愣的看著阿娣的背影——與自己比起來，阿娣的際遇實在坎坷太多，但他卻沒聽到阿娣說過一句抱怨的話。

王子覺得好羞愧，與自己年齡相仿的阿娣，不知道吃了多少苦，才自食其力到今天；而在錦衣玉食的環境中成長的王子，卻總不知天高地厚的埋怨著生活。

「你在想什麼？」阿娣問，「怎麼不走了？累了嗎？」

「沒事、沒事。」王子回過神來，應了兩句，繼續拉著馬兒快步前進。

後來的幾個月，牽著馬匹的王子，與趕著羊群的阿娣，便在前往遠山的路上相依為命。阿娣非常能幹，從打獵、架帳篷、撿柴火，到縫衣褲、煮三餐，各式各樣的工作，她都能夠一個人完成。而王子跟在阿娣的身邊，一邊學一邊做，過不了多久，王子的身體不但恢復健康，而且變得更加強壯了。

每天晚上，當羊兒都睡著之後，王子與阿娣就會在滿天星空下，天南地北的聊著，常常，兩人聊天聊到天亮了，都還不覺得疲憊。

這天，兩人如往常一般生火煮飯，飯後，兩人坐在火邊閒談。

阿娣問：「為什麼你要去那個城堡呢？就因為你是王子，你就得要打倒巨龍，把城堡裡美麗的公主救出來娶為妻子，是這樣嗎？」

王子回答：「我根本不知道城堡裡的公主長什麼樣子。我這趟旅程的目的，並不是為了你說的公主。」

「那是為了什麼呢？」阿娣問。

「為了證明自己。」王子說，「父皇所有的兒子裡，我是年紀最小的一個。從小，我就長得又矮又瘦，總是被哥哥們欺負、被瞧不起。有一次，父皇帶著我們打獵，走到森林外時，父皇遠遠的看到了一頭大黑熊，拉開弓箭一射，就把黑熊給射倒了。」

阿娣聽到這裡，忍不住說：「真了不起！我爸爸媽媽說，只要看到黑熊的身影，就得趕緊離開，沒想到你的父皇一下就把黑熊給射死了！」

「是啊，我父皇很了不起。」王子幽幽的回應阿娣，看起來不太開心。

「怎麼啦？」阿娣問，「又不舒服了嗎？」

王子搖搖頭，繼續說道：「父皇射死黑熊後，我跟著哥哥們一起到森林裡看那頭倒下的熊。我看到中箭的黑熊一邊流著血、一邊掙扎，怎麼樣都高興不起來，我覺得父皇其實做錯事了，我們卻在為他歡呼。於是我躲得遠遠的，不再往前走。哥哥們發現我停住了，就笑我是膽小鬼，說我看到流血就害怕。」

說到這裡，王子的語氣開始顯得有點顫抖，「接著父皇朝我走過來，摸摸我的頭，對我說：『告訴他們你不是膽小鬼，那裡還有兩頭小熊，來，你把其中一隻給殺了。』然後，父皇把他專用的弓箭交給我，然後用手指著黑熊屍體附近，那兩頭小熊的位置。

「我拉開弓箭、瞄準其中一頭小熊，卻不經意瞄到了大黑熊流淚的雙眼。我知道我絕對不能在這時候心軟，因為所有人都盯著我看——父皇、哥哥們、大臣，還有許多士兵，所有人都等著手拿弓箭的我，等我證明些什麼。」

「你還是下不了手？」阿娣問。

王子微微點頭。

「我丟下弓箭，一邊哭、一邊跑掉了。」過了好一會兒，他才又繼續說道，「從此以後，皇宮裡所有人都瞧不起我，就連父皇見到我，也只是搖搖頭就轉身走掉，再也沒有和我說過話。所以當我聽說了關於公主被囚禁的事情後，就決定要來試試看，我要告訴大家，經過這些年，我已經不是當初那個懦弱的小孩了。」

王子說完之後，兩個人都沉默了，只聽到羊兒的叫聲，填補星空下的安靜。一直到夜已深，才不發一語的回到帳篷裡就寢。

隔天早上，兩人又向遠山前進，在後來的路程裡，他們仍然每天晚上談天說話，卻都對於王子那晚說過的事情絕口不提。

終於，兩人來到遠山山腳下。

「真是壯觀！」王子說，「遠看起來像衣帶一樣的山巒，近看竟然這麼雄偉！」

「以前更漂亮，」阿娣一邊說，一邊指著前方僅剩淺淺水層的湖泊，「在湖水還是滿滿的時候，這裡總長滿青翠的草地，和五彩繽紛的野花！」

「真的啊！我不知道有沒有機會看到那樣的美景？」王子說。

「如果你留下來，說不定就看得到啦！」阿娣回答。

王子忽然明白，走到這裡，就代表著他要與阿娣分開了。王子望著眼前的阿娣，想到了這幾個月來的日子，心中湧起一股不捨。

阿娣轉過頭來望著王子，緩緩說道：「就這樣了，這裡就是遠山，我只能陪你到這裡。」

王子心裡好難過，可是他一點辦法也沒有，為了證明自己、為了實現諾言，即使再怎麼不願意，他都必須往前走。

「你還是得離開我，只因為我不是美麗的公主。」阿娣忍不住哭了出來。

「我也不是高大英俊的王子啊！」王子輕輕的說，「無論如何，我都必須完成這段旅程。」

「你終究是王子。」阿娣說。

咩咩叫的羊群，徐徐吹來的清風，即使頭頂上的滿天星斗已經換成了朝陽，對望無語的兩人，卻好像又回到那個沉默的夜晚。

突然，陣陣風沙席捲而來，眼前的景色瞬間被滾滾黃沙蒙蔽。王子拉著馬匹趴下身來，在狂風呼嘯聲與羊群的呼救中，王子聽到阿娣大叫了一聲！

王子心中感到萬分焦急，一邊喊著阿娣的名字，一邊努力想要站起來，卻怎麼樣都無法抵抗狂風吹拂！

終於，風沙漸漸退去，王子以最快的速度爬起，滿身沙粒都來不及清理，就四處尋找阿娣。

「王子……。」阿娣的聲音從一個沙堆中傳出，王子趕忙過去，將沙堆挖開——是阿娣，全身是血的阿娣。

「阿娣……，」王子將阿娣抱了出來，一邊語無倫次的問著：「你怎麼會這樣？阿娣怎麼會這樣？」

「是龍，」阿娣用盡最後一絲力氣說：「城堡裡的龍，來警告你了。王子，你

不要去好不好？我看到那條龍了，你打不贏牠的。」

「阿娣你不要說話，我馬上給你擦藥……。」王子一生從未照顧過任何人，即使是在沙漠中，也一直受到阿娣的照顧，可是也不知道哪裡生出的力量，他心中陡然變得無比沉靜，他知道，這是必須承擔責任的時候了。

王子抱起阿娣，鎮定的走向散落一地的行李，打開藥包，小心翼翼的將藥材敷上阿娣的傷口。

可是一切已經來不及，阿娣沉沉睡去，再也醒不過來了。

王子想起阿娣那個夜晚對他說過的話——

「我覺得你很勇敢，」那天深夜，睡在地上的阿娣突然對王子說，「我覺得你很勇敢，欺負弱小不叫勇敢，真正的勇敢是，即使自己受傷，也要保護弱小。你才是兄弟中最勇敢的一個。」

王子聽到了，卻假裝熟睡，沒有作聲。

王子覺得好傷心，前所未有的傷心——

此刻，他才知道什麼叫做「失去」，他已經失去阿娣，永遠的失去了，跟這比起來，以前受到的委屈都不算什麼。

然後，王子心中燃起了熊熊怒火：「我要殺了龍！我要殺了那條龍替阿娣報仇！」

王子將阿娣安葬，把羊群趕到水草最多的地方，收拾好行李、讓馬兒吃飽，跨上馬匹，大步的踏進遠山，往城堡的方向前進。

接下來的日子裡，王子與馬兒跳躍過無數陡崖、行走過深淵峭壁、踏過夜裡狼嗥四起的黑森林、劈砍過一層又一層長滿倒刺的荊棘，終於，他們抵達這個傳說中的城堡。

平躺著的王子，看著眼前密布的烏雲，心中翻攪的記憶，也跟著沸騰起來——

「衝吧！最後一段了！我支撐了那麼久，走了那麼長的路，就是為了今天、為了此刻！為了阿娣、為了自己！」

王子喚回馬兒、跳上馬背、一路往城堡疾奔！

「碰！」王子撞開城堡大門，提起韁繩，騎著馬兒飛躍過護城河，然後他看到了龍——那條令他失去阿娣、讓他夜夜惡夢的巨龍，正盤旋在城堡的屋頂上，虎視眈眈的望著狂奔而來的自己。

王子勒住馬兒，與遠方的巨龍對峙著，他這時候才有機會好好的打量這條龍：

龍頭上一對鋒利的角、巨大的嘴裡鑲滿著寒氣逼人的兩排牙齒、一身黑亮的鱗片與四肢上銳利的龍爪，都再三證明了阿娣的死亡正是巨龍所為！

正當王子猶豫時，巨龍陡然飛上天空，朝著王子急衝，一轉身，爪子就往王子身上甩了過來！王子右手拔起插在腰間的劍，猛力一砍，竟然就把龍的爪子削去一截！

王子這才發現，自己手上所持的，竟是他父皇的寶劍！原來，父皇終究擔心他的安危，把他的劍偷偷調包，只希望他一路平安。

王子信心大振，奮力砍殺，每一次王子刺向巨龍，龍身就多出一道傷口，最後，巨龍受不了攻擊，摔了下來，在地上痛苦的翻滾、呻吟著。

王子驅馬向前，準備給巨龍致命的一擊，卻發現巨龍淚水汪汪的雙眼，正望著城堡頂端——

王子抬頭一看——啊！那裡有三條小龍，正無助望著這邊的悲劇。

王子好像明白了什麼，接著，他收起寶劍，牽過馬兒，調頭就要走了。

「你不打算殺我了嗎？」這時，氣若游絲的巨龍竟然開口了，「你不是為了殺了我、拯救公主而來的嗎？」

王子搖搖頭，對巨龍說：「本來是這樣，但現在那都不重要了。」

巨龍哭了出來，牠一哭，天上的烏雲驟降成雨，然後，天空放晴了。

陽光下，巨龍娓娓對王子說：「我們原本住在遠山邊的湖泊裡，可是你們破壞了我們的家園，我們一路躲，好不容易找到這個人跡罕至的地方，你們又要為了同樣愚蠢的傳言趕盡殺絕。你知道嗎？湖泊裡根本

沒有什麼寶藏，城堡裡也沒有什麼公主；這個城堡，就只是一個連活著的希望都沒有的地方！」

王子說不出話來。他以為會恨眼前這條將阿娣帶走的龍，但他沒有，他只覺得懊悔。他想到了這一路上，當他掄起斧頭砍過荊棘時，一叢又一叢荊棘所發出的悲鳴、一窩又一窩老鼠飛鳥驚惶的眼神，因為他心中燃燒的恨，以及那無謂的自尊，他失去了阿娣後，也失去了自己。

王子拿出包裹裡的藥，一點一點為巨龍治療，就像當初替阿娣上藥時那般細心沉靜。然後，他將巨龍拖進城堡，自己也住在城堡裡，一直待到巨龍身上的傷勢完全康復，才放心離開。

五十年後，王子早已成了受人愛戴的君王，在他悲憫的統治下，遠山山腳下終於重新湧出泉水，為阿娣長眠的地方，灌溉出一望無際的芬芳。

——本文獲二〇一一年教育部文藝創作獎教師組童話類特優

**王映之：**

小王子怎能下手射殺失去母親的小熊呢？大家都認為他懦弱，卻不解這是一種慈悲啊！當他大可殺了大龍為阿娣報仇時，又因為三隻小龍下不了手。仁慈的王子果然成為人民愛戴的君王，證明了殺戮不代表勇氣，慈悲的力量更大。

**陳品臻：**

在獵場上，勇敢是：大膽地打敗猛獸，但，這種行為，究竟是勇敢，還是自私自利的愚蠢行為？就像阿娣所說的：「真正的勇敢，是即使自己受傷，也要保護弱小。」故事給了勇氣最感人的解釋。

**傅林統：**

王子雖然身體孱弱，卻有一顆善良悲憫的心，踏上證實自己的勇氣之旅，過程緊湊，引人入勝，尤其是富於人性的。溫馨的結局更是令人回味無窮。

# 卷三
# 爲童話許一個願望

# 公主的願望

◎ 插畫／劉彤渲

# 林靜琍

**作者簡介**

是一個開朗愛笑，兼具理性與感性的老師，曾獲師鐸獎及SUPER教師肯定。

除了寫作之外，最愛的是兒童戲劇，積極投入、不時粉墨登場，
是一個事事沾身、樣樣新鮮且樂此不疲的女子。
最大的支持力量來自於體貼的老公，最愛的角色是「三媽」
——現實生活中三個孩子的媽咪。

**童話觀**

「童話」具有一對想像魔力的翅膀，可以帶著所有人任意翺翔，
走不敢走的路，做不敢做的夢。
在天馬行空的世界中，沒有世俗的規範、沒有紛擾的耳語，
在須臾之間就能得到大大的滿足，成就小小的願望。

從前從前，有個正常得不得了的國家，裡頭住著正常得不得了的國王和皇后，卻偏偏生了個滿腦子稀奇古怪想法的公主。她三歲時聽完「青蛙王子」的童話故事後，就命令宮女把整個池塘的青蛙全抓來，接著，一隻隻親吻，因為，她要找到那隻被遺落的青蛙王子，想當然耳，根本沒有英俊的王子出現，小嘴巴還腫得跟臘腸似的。五歲時，她決定要扮演「白雪公主」，於是，拜託母后假裝成壞後母要殺她，那次，她吃了過多的蘋果，身體出現不適應的狀況，足足躺了一個禮拜的病床。因為她的想法跟別人實在太不一樣了，所以大家都叫她奇奇公主。

國王和皇后婚後十年，吃遍各式各樣的求子祕方，好不容易才生下了公主，自然把她捧在手掌心上，仔仔細細呵護。奇奇公主從小就是茶來伸手、飯來張口，想要什麼就有什麼，不愁吃穿不愁玩樂，但她卻常常癟著嘴，因為每當她有天馬行空的想法時，宮

裡的人都會一副嚇壞了的表情，讓她的玩興頓時從雲端跌到谷底，所以，她最常掛在嘴邊的一句話就是「好無聊啊！」

一年一年過去了，她的無聊感漸漸擴大，稀奇古怪的想法更是與日俱增，簡直就到了快要爆炸的狀態。

奇奇公主十二歲生日那一天，國王和皇后幫她舉辦盛大的宴會，邀來鄰近國家的嘉賓，還有自己國家的人民，當然，更不能漏掉森林裡騎著掃把的小女巫。生日宴會中少不了的禮物、切蛋糕、精緻的點心和眾人的祝福看在奇奇公主的眼裡，只有兩個字——無聊！國王看著他的心肝寶貝女兒如此愁眉不展，十分不忍，於是，深深的吸了一口氣：「我，在此宣布，妳，可以擁有一個願望，不管多奇怪，我都會讓妳實現！」母后在旁低聲驚呼，頻頻拽著國王的袖子暗示他萬萬不可。奇奇公主怎能放過這個大好機會，瞪大眼睛拍手尖叫，一把抱住國王圓圓的身軀：「萬歲萬歲，我就知道您最愛我了！」

眾人心裡暗自祈禱她可不要想出太誇張的願望……她慧黠的眼睛轉啊轉的，沒一會兒便笑著說：「有了，我要一個『相反』的願望！」所有人都皺起了眉頭，丈二金剛摸不著腦袋，「相反」的願望？這個搞怪公主心裡又打著什麼主意呀？她笑

了笑，清清喉嚨：「我要全國所有的事情都變成相反的！比如：男人要穿裙子、汽車得在海裡跑、西瓜種在樹上……」末了還加了句：「這樣一定很有趣！」大家面面相覷，完全不知道該怎麼辦，國王雖然一臉懊惱，但看著女兒神采飛揚的模樣，實在很難收回答應的承諾，正在遲疑之際，帶著尖帽子的小女巫突然站了起來：「我來幫公主實現這個願望。」她將手上的魔杖用力一揮，口中念念有詞，周遭看似沒有改變，但，悄悄的，「相反」的因子已經在所有人身上慢慢發酵。

就如公主所希望，這個以前正常得不得了的國家，搖身一變，竟然成為名副其實的「相反國」，學生不用上課、飛機在陸上推、老虎在吃青草、大家都亂成一團……剛開始，奇奇公主覺得好好玩兒，頗享受這種突兀的氣氛和有趣的變化，但一天過去了、兩天過去了、五天過去了，漸

漸的，她不喜歡了，她想上學、她想搭船、她想玩遊戲，這些以前再簡單不過的事兒，現在卻都是奢求。於是，她想回去央求父王停止這個願望。

「我為什麼要答應妳？走開！」一向最疼愛奇奇公主的國王竟一把將她推開，嚴峻的眼神中看不到任何慈愛，轉而向母后求救也被賞了閉門羹。原來，原來所謂的「相反」竟也包括了情感的變化，國王和母后已經不愛她了啊！她「哇！」的一聲號啕大哭起來，兩人只是冷冷看了她一眼便離開了。

奇奇公主下定決心，要改變眼前的困境，得設法找到小女巫，正所謂解鈴還需繫鈴人啊！她收拾了簡單的行李，出發至森林最盡頭——女巫之家。爬過一座山頭、涉過兩條小溪、遇過三次濃霧、救了四隻白兔、過了五個漆黑的夜，終於來到目的地。「咿呀！」一聲推開大門，小女巫正坐在客廳裡大口大口享受她的美味點心，她對於奇奇公主的突然造訪不但不感驚訝，反而笑著打招呼：「我等妳很久嘍！」

「相反國好玩嗎？」小女巫親切地問。

「一點都不好玩，我希望一切回到原點，我不想改變本來的生活，我要愛我的爸爸和媽媽。」公主嘟嘟嚷嚷的說著，說完便大哭起來，完全不顧什麼公主形象，眼淚、鼻涕齊流。

女巫笑了笑，拍拍公主的肩膀說：「有稀奇古怪的想法很好，但要用在正確的事情上面，妳仗著國王對妳的疼愛，胡亂許了願望，把國家搞得天翻地覆全都亂了套，妳說該怎麼辦啊？」

公主畢竟是公主，頗有大將之風，她抹抹眼淚正色說：「只要妳能將一切回到原點，我會利用我天馬行空的想法在皇宮裡成立發明部門，讓好點子有宣洩的出口，成為國家進步的基礎。」

「成交！」女巫緩緩閉起雙眼，揮舞著魔杖，口中念念有詞，好像過了一個世紀那麼久似的，終於睜開眼睛：「嗯，好了。時間點會回到妳生日那天，所有事好像都沒發生過一樣，別忘了妳的承諾。」

「生日快樂！我，在此宣布，妳，可以擁有一個願望，不管多奇怪，我都會讓妳實現！」

「我要成立發明部門，讓有好想法的人都能在這裡美夢成真！」公主說完，便對著角落的女巫眨了眨眼睛，兩人相視而笑。

本文獲二〇一一年桃園縣兒童文學獎童話故事組第一名

—編委的話—

**王映之：**

不正常的公主有個不正常的願望，當願望實現，一切都「相反」時，她慌了！發現還是原來的生活最好。啟示的意義很明顯，如果你也有稀奇古怪的想法，不妨也來個故事的反轉。

**陳品臻：**

想法與眾不同的公主，許下一個「相反」的願望。本來很開心的她，竟然發覺「情感」也相反了！那還得了！還是原來的最好，公主深深的領會了，也給我們深深的啟示。

**傅林統：**

經典的反轉改寫雖是常套，但「心性」也反轉了，對讀者來說頗具震撼。雖帶有濃濃的教育意味，卻因行文活潑輕快，構成了令人喜愛的故事。

# 變！變！變裝遊戲

◎插畫／潔　子

## 柳　一

**作者簡介**

高雄人，以筆名柳一發表各種文類的作品。

寫童話時很快樂，經常寫到笑出來。
曾獲一些獎項，童話集即將出版。

**童話觀**

用一顆童心，把想像力發揮到鑽天飛地的地步，
寫故事，也享受創作和被閱讀的樂趣。
如還能有一些啟發，那最好不過了。

雯莉是個好學生，功課不錯，多才多藝，人緣好，她在學校總是代表班上參加演講比賽，並時常得到第一名的獎項，她沒有兄弟姐妹，但爸爸媽媽很關心她，雯莉是家中唯一的掌上明珠呢！

可是雯莉並不覺得自己幸福，她在內心深處是很自卑的，只因為，家裡太窮了，她連一件像樣的衣服都沒有。

看著同學們身上漂漂亮亮的衣服，再看看自己身上洗得舊舊又縫縫補補的衣服，雯莉想著，「總有一天，我要變成有錢人，買好多好多的衣服放在衣櫥裡，每天都把自己打扮得漂漂亮亮的。」

雯莉的媽媽在菜市場附近賣麵，全家住在小小破破租來的房子之中，愛漂亮的雯莉連身上穿的制服都是表姐或鄰居穿不下才給她的，可想而知，雯莉也從來沒什麼穿新衣服的記憶了。她時常趁爸媽不在的時候，在爸媽房間中偷偷地照著鏡子，還穿上母親的衣服，擺著模特兒的步伐，稍微滿足自己愛美的小女孩心理。

雖然離長大和有錢還很遙遠，擁有很多很多漂亮的衣服是雯莉每天都不會忘記的夢想，她在紙上自己設計著衣服，還為它們著上顏色，「如果這些衣服都是真的就好了！」雯莉看著自己僅有的幾件換洗衣服，難過地想著。

雯莉在紙上自己設計的衣服，當然不會變成真的，不過她卻得到了一份意外的禮物——一本從夏威夷帶回來的「洋娃娃換裝遊戲簿」。

這本「洋娃娃換裝遊戲簿」，每一頁都是一件件漂亮的衣服，有平常穿的家居服、有運動服、有休閒服、有晚禮服、有套裝、有睡衣等等，除了衣服，另外還有很多搭配衣服的配件，如：帽子、披肩、高跟鞋、馬靴、雨傘、皮包等。每一頁都美不勝收，翻著翻著，就好像在逛百貨公司的櫥窗一樣。

這本「洋娃娃換裝遊戲簿」可不只是欣賞用的而已，還能夠變成一種遊戲。

原來，它有一個可以拆下來的金髮美女娃娃，同時，每一件衣服和配件也都可以從書中拆下來，穿在模特兒的身上，如此一來，這位金髮美女娃娃，就有六十件衣服可以輪流穿了。

這是多麼令人快樂的事呀！一個人有六十件衣服和那麼多不同樣式的皮包、帽子、鞋子等等。愛怎麼穿就怎麼穿，愛怎麼搭配就怎麼搭配，這不是雯莉從小的夢想嗎？

她幫這個金髮美女娃娃取了個名字叫「小雯」——聽起來真像是雯莉的妹妹，每天都忙著幫她打扮，並配合衣服來編一些故事，像是：今天是小雯第一天上班，

所以要穿上整齊有精神的套裝；晚上小雯要參加雞尾酒會，所以要換成晚禮服，戴上亮晶晶的披肩等等。

為紙做的洋娃娃取名並編故事，是雯莉的小祕密，時間久了，她竟羨慕起「小雯」來，「真希望自己能變成小雯，就有這麼多的衣服可以穿了！」

當她躺在床上這麼想的時候，半空中突然出現一位仙子，嚇得雯莉趕緊從床上坐了起來，「不要怕，我是仙子杜拉，是來幫助你的！」

雯莉揉了揉眼睛，這是真的！一個大約二十公分高的親切小仙子，就站在她面前的光環裡，對她笑著。

「雯莉，我知道你很喜歡漂亮的衣服，

對不對？」

雯莉不好意思地點點頭。

「我是天上掌管衣服的仙子，能夠讓小雯的紙衣服，變成你身上穿的真衣服，這樣你就可以穿上它們出門了！」

真的嗎？我能夠穿上這些美麗的衣服？雯莉幾乎要尖叫起來了！

「不過，一次只能穿二個小時，二個小時後，它們又會變成原來的紙衣服。」

「那有什麼關係，就算只有十分鐘，我也想要穿著它們到處走走！」雯莉脫口而出，她深怕這個好運一個不留神就飛走了。

杜拉笑了起來，她又說：「還有一個最重要的，就是你必須要變成小雯，才能穿上這些衣服，當然，等二個小時過去以後，一切都會恢復成原來的樣子，你也會變成你自己了。而且要記得，千萬不能告訴任何人這個祕密。」

變成小雯？雯莉腦筋一時還真有點轉不過來。

「怎麼樣？想一想吧！從你自己變成金髮的外國人，就可以實現穿漂亮衣服的夢想了！你考慮幾天看看！」杜拉微笑著要轉身離去。

「等一等！仙子！我要變！我要變成小雯！」雯莉看著要離去的杜拉，幾乎要伸手去拉她了，這夢中才會出現的好運，居然只要變成一個外國人就可以實現了，怎麼可能不答應呢？

就這樣，一個黑髮的東方小學生，變成了一個金髮的西方美女，漂漂亮亮地出門了。

雯莉，不，是小雯，看著鏡子裡的自己，大口大口地吸著氣，她情不自禁地喊著：「天哪！我變得好漂亮！」沒想到話說出口，居然是一串她自己都聽不懂的英文，令她顫抖了一下！是啊，我已經變成外國人了！

雯莉想到這個，便趕緊自衣服中挑了一套她平常最喜歡的晚禮服，紫色亮面的低胸小禮服，再配上一款金色的高跟鞋！多像外國電影中的電影明星呀！

她興奮地立刻出發到母親的麵店中去，這漂亮的一刻，她要讓母親看見！

一路上好多人看著她，她更加抬頭挺胸地走著。

麵店生意不太好，她看到在熱氣騰騰的爐灶前為客人煮著麵的母親，真想跳到她面前說些撒嬌的話，如：「媽！你看！我變得漂不漂亮？」只可惜她這個國語演講比賽的常勝軍，現在連一句國語都不會講了。

雯莉有點不習慣自己變成不會說國語的啞巴，而母親一看到店中有外國人走進來，驚慌失措得也變成了不會招呼客人的啞巴，「請坐，看看要點些什麼？麵還是米粉？要不要切點小菜？」她結結巴巴地講著。

雯莉用手比了比麵，又指了一些小菜，然後就坐下來。

麵剛端上來的時候，雯莉的心幾乎要跳出來了，新進來的客人竟然是她在學校中暗戀的阿德！而且阿德一屁股就在她對面的那張桌子入座！

「阿德，我是雯莉，我是雯莉呢！」雯莉真想對他大喊，讓他看看自己這一身漂亮的樣子，可惜她不能！她現在是外國人小雯了！

阿德偷偷地看著這個難得一見的外國人，令小雯的臉都紅了，小雯手足無措地拿著筷子，一緊張，她就更不會拿東方人用的筷子了。

這麼美好的一刻，穿著漂亮晚禮服與暗戀的白馬王子一同在店裡隔桌吃著麵，多麼像是一場夢！

小雯一個不小心，手中夾著的魯蛋，就這樣掉了下來，並且從胸部滑進了太大件的低胸禮服中！小雯幾乎是逃離了麵店的，她感覺得到背後阿德強忍住不要笑出來的眼光……

這就是雯莉第一次的換裝遊戲，晚上媽媽還把這個笑話告訴全家人，令雯莉鬱悶極了，她把這件已沾有汙點的紙晚禮服收在抽屜裡，暫時不想看見它了，明天，阿德到學校不知道會不會告訴別人這個丟臉的笑話。

難道我的新衣服不能為我贏得讚美嗎？雯莉不相信，她第二次變成小雯，不過這一次她可不敢再穿上惹人注目又害她鬧盡笑話的晚禮服了，這回，她想展現外國人均勻健康的體態，所以她穿上了一套運動服，出發到公園去了。

遠遠看見小玉、雅如、惠卿三個她在學校的好朋友正在公園盪秋千，她很高興地跑過去，想好好地讓她們欣賞自己這身穿著，可她沒想到三個好朋友根本就不知道她就是雯莉，怎麼敢和一個陌生的外國人一起玩耍呢？

「你們在這裡玩哦，討厭，怎麼沒有找我一起來玩？」話說出口，三個小女孩

卻被嚇到，小玉馬上從秋千跳下來，拔腿就跑。

「小玉，我是雯莉，怎麼不理我了呢？」小雯著急地對著小玉大喊。

這時候，雅如和惠卿也趁機溜走，雅如因為太著急而跌倒在地上，小雯伸手扶她，惠卿卻跑回來把小雯的手推開，一溜煙拉著雅如跑遠了。

人緣好的雯莉從來沒有嘗過被同學拒絕一起玩的經驗，這回她可挫折極了。

「昨天好可怕，我們在公園玩的時候，有一個外國人一直想跟我們一起玩，講了好多的英文，嚇死人了！」

隔天一大早，小玉、雅如、惠卿三個人在教室對著大家口沫橫飛地說著昨天發生的事，雯莉趕快湊過來聽。

「那外國人長什麼樣子，穿什麼衣服，為什麼你們不跟她一起玩呢？」雯莉想從三人口中，聽到「那外國人真漂亮」、「她的衣服好好看」的話來，便故意這樣問。

「誰會記得那外國人長什麼樣子，老師說不能隨便跟陌生人講話，所以我們立刻就跑了！」

「那她穿什麼衣服呢？好不好看呢？」雯莉有點失望，不過還是不放棄地追問。

「不就是外國人穿的衣服嘛！什麼好不好看的？」惠卿不耐煩地說。

大家七嘴八舌地聊了起來，雯莉悶悶不樂地走開了，沒有人注意到她曾經穿著一套新的運動服，只注意到「不要隨便和陌生人講話」。

既然穿著新衣服、變成小雯出門，只是讓雯莉鬧盡笑話，受到誤會，那何必出門呢？雯莉看著這六十件新衣服，想著，今天是我的生日，我變成小雯，在家裡面穿著漂亮的睡衣自己過過癮，總該可以了吧？

於是她挑了一件小雯的美麗長睡衣，在鏡子前面梳著頭，一邊欣賞著自己。

「雯莉，雯莉。」媽媽的聲音突然在大門口響起，雯莉嚇了一大跳，馬上跳起來把房門口鎖上。

「媽媽怎麼會這時候回來呢？」雯莉趕緊鑽到被窩，假裝午睡，仙子杜拉交代過的，這換裝遊戲不能告訴任何人，她可不能讓媽媽發現家裡躺著一個外國人。

「雯莉在睡午覺。」媽媽在門外自言自語，「幫她買了一個大蛋糕，還買了一件新的洋裝，睡醒以後再讓她穿。」

我有新衣服了？雯莉在床上差點高興地跳起來！

「雯莉應該會喜歡這件洋裝吧！真想讓她立刻穿穿看！」媽媽還在門外說著，然後腳步聲便漸漸地走遠了。

「我喜歡！我當然喜歡！」雯莉在床上高興地想著，只要是屬於我自己的衣服，我都喜歡，只要是能夠讓大家認得「我是雯莉」、「不是小雯」的新衣服，我都喜歡！

二個小時快點過去呀！小雯在房間裡焦急又小聲地踱著步，一邊數著時間，看著鏡子裡的外國人，她真想立刻變回雯莉，抱住媽媽，也抱住那件真正屬於她的新衣服。

她只想做回她自己，會用國語跟母親撒嬌，同學們喜歡跟她一起玩的那位雯莉。

——原載二〇一一年五月十七～十八日《更生日報・副刊》

**王映之：**

為了穿著夢寐以求的美麗衣裳，雯莉甘願失去原有的語言能力，變身金髮外國女孩，可是無法和朋友溝通的她，能快樂嗎？當然，最後還是選擇做回自己，享受真實的親情和友情。

**陳品臻：**

不要總是羨慕別人，上天是公平的，當祂關閉一扇窗的同時，也為你開啟另一道門。或許只有失去才懂得珍惜，沒有黑夜，哪會盼望黎明的到來？不要自怨自艾，回頭看看，或許你擁有的不比別人少。好深刻的啟示！

**傅林統：**

「洋娃娃換裝遊戲簿」——引人入勝的好點子。讓主角沉迷幻想，遭遇一次又一次的尷尬和苦澀，把故事推向高潮，然後認識什麼才是屬於自己的。結尾圓滿，架構完整。

# 如果撿到一根龍鬚

◎ 插畫／潔 子

## 王宇清

**作者簡介**

不久以前還是躲在牛角山的山頂上，懦弱卻又經常發怒的尖牙怪獸，
後來幸運地遇到幾位溫柔善良的好人（天使！），
花了好多的愛心、耐心（和傷心！）帶他下山，
並教導他重新認識了這世界的美好。

然後他就開始寫作啦！

**童話觀**

能感動人的幻想作品。
不僅要有趣，更希望「有味」。

1.

桃源村外的樹林裡，一群孩子發現了一樣很不尋常的東西。那東西長長的，像是榕樹的鬚根，但是通體閃著金光，怎麼拉啊、扯啊、扭啊都不會斷。

大家想了半天找不出答案；於是，決定去問最有智慧的村長。

村長看著這東西良久，其實並不知道是什麼。但是「村裡最有智慧的人」豈能在小孩面前漏氣？

於是，他對孩子們說：「這一定就是龍的鬍鬚了，」口吻堅定有力，「是難得一見的寶物哇！」

這群孩子又驚又喜：「龍的鬍鬚？真的？太棒了！我們撿到一根龍鬚耶！」

歡呼聲中，孩子們簇擁著龍鬚離開村長的屋子。

「呼～」村長吁了一口氣，「這群傻孩子，哪有龍鬚這種東西嘛！」

## 2.

小孩們蹦蹦跳跳，又回到林子裡，全都陶醉在這不可思議的幸運中。

喜妹突然問了一個問題：「這龍鬚，能做什麼呢？」

大夥兒都被問倒了。

於是，他們圍坐在草地上討論起來。

「龍是一種尊貴的神獸。龍鬚，一定具有神奇的功效！讓我們來煮湯喝！」喜妹提議。

「有道理耶！」

大家開開心心地燒了一鍋熱水，滿心期待地將龍鬚放入鍋裡。

煮了老半天，只見「龍鬚湯」都要燒乾了，卻仍舊像一鍋開水，龍鬚也一點變化都沒有。

「呃，龍是神獸！所以，雖然湯看起來很普通，實際上已經充滿了神效！」喜妹有點不好意思。

接著，每個人都珍惜的喝了一小碗龍鬚湯，滿懷希望能夠吸收龍的神力，也許，就能飛天囉！

一天過後又一天，不知道為什麼，腳跟一點離地的跡象也沒有。

「說真的，我們這樣擅自煮龍鬚，好像不太尊敬龍耶！祂會不會不高興呀？」小山子說。

經小山子這麼一提醒，大家覺得的確對龍很失禮。他們趕忙雙手合十一鞠躬：

「龍呀，對不起！」

## 3.

幾天後，他們又聚在林子裡。

這次，是阿牛提出意見：

「既然，龍是神聖的，我們不妨把龍鬚種到土裡，吸收天地的精華，說不定會產生變化！」

大家覺得阿牛真是有智慧，不愧是村學堂的第一名。

他們找了一個神祕幽靜、陽光充足的小山坡，慎重地將龍鬚種下。

不只如此，還不辭老遠取來清澈甘甜的山泉水，澆灌龍鬚。

看著金黃的陽光灑在龍鬚上，閃耀著燦爛的金光，山泉水將龍鬚周圍的土地滋潤得黝黑肥沃，孩子們心滿意足的回家了。

明天，會有神奇的事發生吧！

一天過後又一天，村裡的莊稼都收成了，龍鬚卻一點發芽生長的跡象也沒有。

「應該行得通才對呀！」阿牛失望地喃喃自語。

「阿牛，天黑了，走吧！」花妞催促阿牛。

阿牛望著龍鬚，好不容易下定決心，把龍鬚從土裡抽了出來。

大夥兒陪著洩氣的阿牛一起回家。

阿牛的爹見這群孩子每天為了「龍鬚」忙進忙出，忍不住對他們說：

「世界上沒有龍，哪來的龍鬚？那只是傳說！」

孩子們聽了，舉起龍鬚，對著阿牛的爹喊：「您亂講！這是龍鬚！有龍鬚，就

有龍！」

4.

天才濛濛亮，孩子們又拿著龍鬚，來到樹林裡。

「今天，我們再換個法子試試吧！」

「可是，還有什麼方法呢？」

只見四個孩子撐著小腦袋瓜，開始苦思新點子。

「我想……龍像神仙一樣神祕莫測，」花妞靈光一閃，「或許，龍鬚是讓我們拿來召喚龍的喔！」

「哇～」召喚一條活生生的龍耶！四雙眼睛霎時亮了起來。

當下，他們決定今晚要舉行召喚龍的儀式！一打定主意，四個人急忙回家向父母報備。

夜裡，升好營火，由小山子帶頭，舉著龍鬚，繞著營火又唱又跳，虔誠呼喚著龍現身。

龍或許正在天上看著他們呢！想到這裡，大家更是賣力。

忙了大半夜，半點龍的影子也沒有。
「咦，怎麼會這樣呢？」他們不免有些洩氣。
又努力了一陣，孩子們再也跳不動了。
他們躺在草皮上，望著星空，不發一語。
過了半晌，花妞開口了：
「我覺得，能撿到龍鬚這種寶物，我們真的好幸運！」
「是呀！」阿牛接著說，「託祂的福，這陣子過得好有趣呦！」
「而且，龍一定有聽見我們呼喚祂！」小山子堅定地說。
「沒錯！」喜妹笑著附和。
說著說著，孩子們在營火邊沉沉地睡去。
他們真是累壞了。
不過，大家的手，仍緊緊握著龍鬚。

## 5.

夜裡，花妞被一道光芒喚醒了。

她揉揉眼，坐起身來一看……咦？竟是龍鬚在發光！

她趕忙把其他的孩子搖醒。

這時，發光的龍鬚竟然「活」了起來，先是慢慢生出四支腳，接著又長出頭，最後兩支神氣的犄角也成形了。

是……是一條龍！真正的龍！

大家看得目瞪口呆。

龍身上的鱗片，閃動著耀眼的金色光芒。

花妞忍不住伸手去摸，緊跟著大喊：「好溫暖喔！」

大家聽了，一擁而上，東摸摸，西抱抱，完全忘了龍可是神獸耶。

龍好像很開心，身體輕輕擺動著，然後，尾巴一捲，四個孩子就在祂的背上安安穩穩坐成一列。

下一刻，龍騰空而起，在夜空中飛得既平穩又優雅，讓孩子們爆出一陣響亮的歡呼。

「對不起，龍先生，我把您的鬍鬚拿去煮湯……」喜妹怯怯地說。

「對不起！」其他孩子也跟著道歉。

龍沒說什麼，回頭微微一笑，意思像是：

「沒關係！我一點也不介意！」

這時候，村長正好下床上廁所。

他無意間抬頭，黑夜裡，一條閃著金光的龍，正翱遊天際。

「哎，都是那群孩子害的，現在連我都產生幻覺了。真是自作聰明，跟孩子說什麼龍鬚！」

村長搖搖頭，回到床上，翻了身，再度睡去。

隱隱約約，他彷彿聽見村裡孩子的歡呼：

「有龍！真的有龍！」

——原載二〇一一年七月十五日《國語日報・兒童文藝》

**王映之：**

孩子們撿到了一根龍鬚，東搞西搞的，這龍鬚一點反應都沒有。直到有一天，他們舉辦喚龍儀式，龍鬚竟然活了起來，長成活生生的龍。莫非，這龍鬚就是幹細胞，可以複製一條龍？侏儸紀公園的恐龍，不也是這樣複製的嗎？

**陳品臻：**

神奇、夢幻，看似不可能的事，意外的降臨在一群幸運的孩子們身上，他們因為相信龍的存在，而真正的遇見了龍。孩子們的想像力是無窮的，千萬別用大人的角度去破壞孩子們的幻想，請試著學習用孩子的眼光看這世界吧！

**傅林統：**

憑空想像和隨意的實驗，象徵初民懵懂的思考方式，但那也可說是一種「腦力激盪」以及「創意」的起源。要把「龍鬚」變出個樣子來，精誠所至，「龍」出現了，作者的企圖是多重的啟示呢！

# 石頭不想當石頭

◎ 插畫／潔 子

## 山 鷹

**作者簡介**

退休前，擔任中華電信總公司工程師、國際傳輸通信中心主任及國際海纜站主任。

因應工作，到過很多國家，忙著寫故障報告、調度電路、出國開會、回應國外電文、安排海纜船搶修海纜、與漁民談補償問題……，每天忙得焦頭爛額。
退休後，看看書、寫寫童話，希望寫一本經典的科學童話，
留給孩子們當傳家寶；希望能日日過著「平安的日子，
平靜的生活，平凡的人生，目前被孫子帶著到處「遛」。

**童話觀**

童話是一隻不死鳥，喚醒心中永恆的春天。

這個世界是個超級奇怪的世界，妹妹想當姐姐，姐姐想當媽媽，媽媽想當妹妹；弟弟想當哥哥，哥哥想當爸爸，爸爸想當弟弟。

這個世界，小孩想當大人，大人想當小孩。

「下輩子，我要當石頭。」

「你的頭腦『恐固力』啊？想當石頭？」當我把要當石頭的想法告訴「石清虛」時，他笑翻了一陣子，好像看笑話似的，不解的問：「當石頭有什麼好？這麼想當石頭？」

「當石頭當然好，最少，被打不會痛。」每一次數學做錯了，少則一下，多則十下，竹筍炒肉絲的滋味，實在不好受。

「石清虛」一聽，滿臉不以為然：「這太牽拖了吧！只要努力把數學學好，就不會被竹筍炒肉絲了，把怕痛和當石頭扯在一起，有點離譜哦。」

「你不知道啦，當石頭還有別的好處。」我看「石清虛」一副不以為然的模樣，實在很想K他，但是我很清楚，不管如何搥他、打他、擊他、撞他，他根本不痛不癢。

「真的嗎？我怎麼不知道？說來聽聽。」聽我這麼說，引起了「石清虛」的好奇。

「當石頭不用走路，不用跑步；不用上學，不用寫字；不用上廁所，不用大小便；不必聽爸爸斥喝，不必聽媽媽碎碎念；不會被罵不懂禮貌，不會被笑不知愛護弟弟；可以天天看雲，可以日日吹風；晚上還可以當夜貓子數流星，不會被催趕緊上床睡覺；當石頭的好處，三天三夜都說不完……」我一溜煙說出當石頭的好處，「還有，當石頭的最大好處是……」我故意住口不說，想看看「石清虛」有什麼反應。

「哦！當石頭的最大好處是什麼？」我猜得沒錯，「石清虛」果然迫不及待想知道答案。

「當石頭的最…大…好…處…是…」我故意釣他胃口，神祕兮兮越說越小聲，讓他口水直流。

「石清虛」果然上當：「是什麼？別賣關子，趕快說啊。」

「可以愛睡多久就睡多久，甚至於睡一輩子不起床都可以。」

「這樣啊？」看我一副羨慕不已的表情，「石清虛」雙手比劃起來，口中喃喃

有詞：「這麼說，你是真的想當石頭囉？那簡單，我成全你。」

「怎麼個簡單法？難道你可以把我變成石頭不成？」我知道「石清虛」修道多年，本領不小。

「沒錯。既然你這麼想當石頭，我就讓你當石頭吧。」話才說完，「石清虛」大喝一聲「變」，一陣煙起，我果然變成了一塊大石頭。

「唉！我真是石頭腦袋啊，難怪我會變成石頭。」一星期後，我就反悔了，可是，誰來救我啊？

剛當上石頭那一星期，生活果然舒服極了。斥責不見了，碎碎念跑掉了；不用算數學，不用背生字；想看月亮就看月亮，想和星星握手就和星星握手；不想起床就一直睡一直睡，天天睡到自然醒；自己的生活自己管，愛怎麼樣就怎麼樣。人生，還有什麼生活比這種更愜意的啊！

話雖這麼說，愜意的日子過久了，愜意會變成不愜意。

這話怎麼說呢？

有一次，一陣風急急忙忙經過我的身旁，十萬火急的樣子。

我好奇問他：「你在趕路嗎？為什麼這麼急？」

「快遲到了，快遲到了。」

「遲到什麼？」

「和秋天的樹葉跳舞啊！」

記得我還是小孩子的時候，看過滿山的紅葉在秋風中飛舞，既像天女散花，又像翻飛的紅色彩帶，美極了。

可是現在我是一塊山頂上的石頭，不可能再看到了。

還有一次，一隻山雀停落在我的身上，對著遠方吱吱喳喳唱著歌，我不知道他為什麼這般快樂，好奇問：「有什麼事情值得你這麼高興啊？」

「我剛從向天湖回來，太美了，從沒看過這麼美麗的湖。」

「怎麼個美麗法？」

「白天用風雲妝點卻不興波，晚上以月輝照映金銀閃爍，你說美不美？」

「嗯。」我應了一聲，心底不自覺湧起一股味道，不知是什麼滋味。

春天裡有一日，一位媽媽帶著她的小孩到山上來遠足，小孩一副很不情願的表情。

「帶你來玩還不高興，真搞不懂你。」媽媽一邊罵，一邊催促小孩快點走。

「有什麼好玩的，還不如我的電腦遊戲好玩。打！打！打！殺！殺！殺！飛天又遁地，那才有趣。」

「電腦遊戲，電腦遊戲，你就整天只知道玩電腦遊戲，告訴你，真正的世界才好玩。」媽媽嘀嘀咕咕念著。

「才不呢。電腦遊戲才好玩，你不懂啦。」

「虛擬的世界一點都不真實，能夠握在手裡的東西才能長久，你懂嗎？」

「媽媽妳不懂啦！妳的觀念過時了，根本就是ＬＫＫ的想法。」

「什麼？你說我是ＬＫＫ？」

「對啊！妳根本不懂我們的世界，妳的想法離我們好遠好遠。虛擬的世界，讓我們小孩子就能當英雄，多踐啊！妳知道嗎？」

「我看是狗熊吧。真實世界裡的英雄才是真英雄，你那是假英雄。」

「才不呢。媽媽每次玩電腦遊戲都玩輸，所以才這麼說的吧。」

「誰說的，你這是強詞奪理，再這樣，讓你變石頭，看你怎麼玩。」

「好啊！變石頭就變石頭，總比當小孩好。當小孩好辛苦，被念還要被打，都不能玩自己愛玩的，一點自由都沒有。」

「哎呀！你真是人在福中不知福。當小孩哪有當媽媽累，既要上班，又要做家事，還要被你們吵，煩死了。」媽媽望著小孩，以一種羨慕和回憶的口吻說：「我真想再當一次小孩，當小孩多好啊！可以天天玩，不用風吹日晒，辛苦養家。」

「好啊，那妳來當小孩，我不要當，我要當石頭。」

看到小孩不甘不願又

理直氣壯的模樣，我真想說：「好啊，你趕快來和我換身分吧。」可惜我沒有嘴，無法說話。

當石頭真的沒什麼好，身體重得要死，風都吹不動；皮膚硬的像鋼鐵，卻沒有鋼鐵的色澤和線條；整天不能動，想伸個懶腰都沒辦法；不用吃飯，什麼叫食物的美味一竅不通；石頭不像星星，一閃一閃亮晶晶；石頭被人當出氣筒，踢過來踢過去；想聽個故事，人家搞不懂你是在睡覺還是醒著；最糟糕的是，想快快樂樂出去郊遊一下，根本沒辦法……，哎呀，當石頭的壞處一籮筐，當初為什麼我都沒想到呢？

我真是笨死了，難怪我會變成石頭。

「石清虛」，你在哪裡啊？快來救救我吧。

——原載二〇一一年九月二十七～二十八日《國語日報・兒童文藝》

**王映之：**

人們總是不滿現況，老是「做一行、怨一行」。其實任何東西都有其一體兩面。當個石頭，以為可以什麼事都不做的同時，也失去了人生的自由和樂趣。故事啟示我們，還是活在當下，珍惜你擁有的吧！

**陳品臻：**

當你生氣的時候，可能會暗自嘀咕：「哼！當石頭總比當小孩好！」可是真的變成石頭，你還會這麼想嗎？「人生不售來回票，一旦動身絕不能復返。」千萬別魯莽行事，否則就後悔莫及了！

**傅林統：**

初看不像童話，愈看愈像，看完了才發現是「夢遊型」童話。把一般人總是「不滿足自己是自己」的心理，刻劃得十分深入。

# 卷四

# 猜猜童話在想什麼

# 披著羊皮的羊

◎ 插畫／那培玄

## 王淑芬

**作者簡介**

一九六一年生於臺南。國立臺灣師範大學教育系畢業。

已出版兒童文學與親師教育書籍：「君偉上小學」系列六本、《我是白痴》、《王淑芬童話》、《手工書55招》、《妙點子故事集》等五十餘冊。

**童話觀**

我希望我寫的童話能帶領讀者跳脫現實世界，在另一個宇宙中無憂或暫時忘憂。好的童話應該是既風趣又富有思考性的。

第一天，小白羊揉揉眼睛，穿上衣服出門去。

「早啊，小貓。」小黑羊打招呼。

小白羊說：「你錯了，我不是貓。」

小黑羊笑著說：「可是你走路的樣子像貓，我說你就是一隻貓。」

第二天，小白羊揉揉眼睛，穿上衣服出門去。

「早啊，小馬。」小黑羊打招呼。

小白羊說：「你錯了，我不是馬。」

小黑羊笑著說：「可是你搖尾巴的樣子像馬，我說你就是一匹馬。」

第三天，小白羊揉揉眼睛，興高采烈的穿上衣服出門去。

小黑羊遠遠的走過來打招呼：「早啊。」

小白羊搶著說：「我先警告你，別再說我像豬像馬，我是隻羊，你沒看

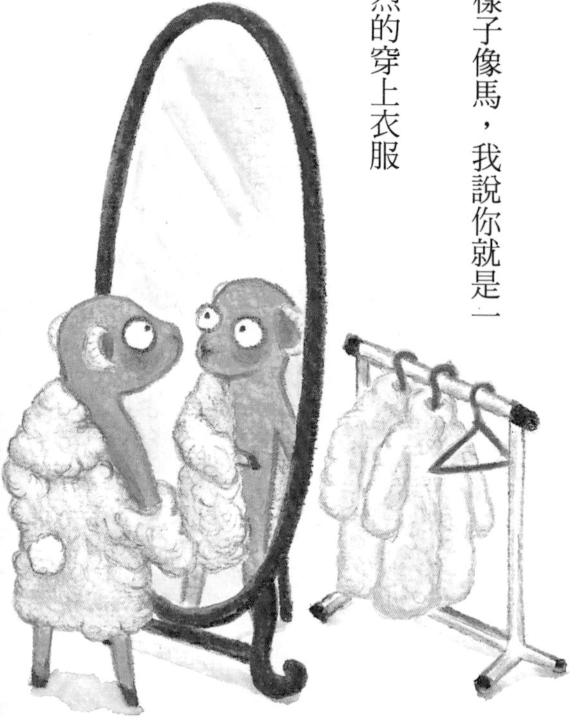

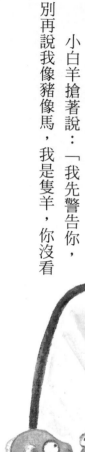

見我穿著羊毛衣，戴著羊皮帽嗎？我是一隻披著羊皮的羊，我是一隻實實在在的羊；看見什麼，就是什麼。」

小黑羊則說：「我看你是一隻不愛看書的羊吧？你大概沒聽過一個故事，叫做『披著羊皮的狼』。根據這個故事，披著羊皮的，不見得是隻羊。看見什麼，不一定是什麼。」

小白羊聽了覺得頭疼：「所以，我應該怎麼證明我的確是隻羊？」

「你的行為得像隻羊。你不能走路像貓，搖尾巴像馬。」小黑羊解釋。

小白羊點點頭：「我懂，我必須像羊一般的走路，像羊一般的搖尾巴，還得像羊一般的說話。」

小黑羊補充：「最重要的，你必須乖乖的聽話，羊都是乖的。」

這個答案讓小白羊更頭疼：「羊都是乖的，誰說的，怎樣才叫乖？」

小黑羊再補充：「我媽媽說的。」牠還瞪小白羊一眼：「你不乖，你問了一大堆問題，讓我頭疼。」

小白羊說：「我終於懂了，不能問問題，就叫乖。」

小黑羊回到家，想著小白羊的回答，開始想：「為什麼羊必須走路像羊，搖尾巴像羊，講話像羊？為什麼世界上要有披著羊皮的狼？」他忽然驚叫：「天啊，我在問問題，我不乖。」

然後，他又想：「為什麼問問題，就是不乖？」

小白羊回到家，想著小黑羊的話，也開始想：「世界上有披著羊皮的狼，那會不會有披著羊皮的馬，披著豬皮的貓，披著狼皮的雞，披著虎皮的羊？」

他忽然驚叫：「我在問問題，我不乖。」不過，他又想：「為什麼問問題，就是不乖？」

於是小黑羊與小白羊一起去問老師：「為什麼問問

題，就是不乖？」

老師說：「不乖？誰說的？問問題是好事呢。因為你一問問題，別人就必須想，你自己也會想。」老師張大眼睛，一字一句慢慢說：「『想』是一件不簡單的事，它的力量很大。世界上有許多事，正是因為『想』而發生。」

小黑羊與小白羊立刻皺著眉頭一起說：「哦，聽起來很可怕。我們從此以後，再也不想了。」

可是老師又說：「『想』才不會聽你的話呢。」

「但是，這個故事一開始，說的是小白羊走路像貓，搖尾巴像馬。怎麼會變成我們在討論『想』會不會聽我們的話？」小黑羊忽然想到這個，然後，他大叫一聲：「是的是的，『想』果然很不聽話，我控制不了，一定要想。」

小白羊則說：「問題是，如果我們控制不了，一定要想，會怎麼樣？」

老師像匹馬一樣的搖了搖尾巴，回答：「那就會想出

一個童話、兩個童話，以及無數個童話，就像我們這樣。」

——原載二〇一一年六月九日《國語日報・兒童文藝》

【編委的話】

**王映之：**

披著羊皮的不一定是羊，眼睛看見什麼不一定是什麼。這樣的邏輯，讓小黑羊好迷惑！怎樣才能像隻羊呢？要乖，怎樣才算乖？「不要問問題」，為什麼問問題就是不乖？就得想啊！想就不對嗎？作者啟發我們什麼呢？

**陳品臻：**

為何問問題就是不乖？一個個看似簡單不過的問題成了故事的主軸。「不一樣童話」以生動饒富趣味的文字奧妙的穿梭於現實與童話之間，邀請您一起來細細品嘗文字遊戲的樂趣。

**傅林統：**

不一樣就是不一樣，非得動腦筋想一想不可的童話。本來沒人留心的事，經作者一提，果然非留心不可，啟發性格外濃厚，是系列故事的開頭，別具風格。

# 精打細算的狐狸

◎ 插畫／那培玄

## 陳志和

**作者簡介**

升格成鴨爸爸後，
與鴨媽媽帶著三隻小鴨，
在桃園過著「扁平足」的生活（荷包扁扁、平凡但滿足的生活）。

**童話觀**

我認為筆下的故事，絕不是我的意識，
是他們說一定要出來透透氣，
我只是一個吹笛手，
引出一個個自有生命逸趣的童話。

有一隻狐狸開了一家雜貨店，他很精明，賺來的錢全打成二十四個結，綁在身上。不過最近有一件事讓他很苦惱，他的店被老鼠光顧了好幾回，使他損失慘重。鄰居勸他裝保全，聰明的他不想花這筆大錢，他想：「老鼠怕貓，我請貓來抓老鼠，這樣比較省錢。」

狐狸貼了徵人啟事：「誠徵貓警衛一名，需勤勞抓鼠，待優，免經驗可，意者內洽！」來應徵的貓兒很多，聽到狐狸提出的待遇——供食宿、外加零用錢，大家覺得這個條件聽起來不錯，不像他的作風，可是再仔細一問，才知道吃的是店裡快過期的食品，睡的是店內的櫃臺、零用錢則是一個月五十元。聽到這兒，來應徵的人紛紛打退堂鼓，沒人肯留下來。

鄰居勸他：「你開這樣的條件，怎麼可能招得到人？你應該按正常的行情募人，這樣才能解決問題。」

「我是『姜太公釣魚——願者上鉤。』再說，現在失業率這麼高，我就不信找不到人。」

「好吧！我就『騎驢看劇本——走著瞧。』」

一連好幾天，大紅的徵人啟事一直沒撕下來，老鼠瞧狐狸找不到

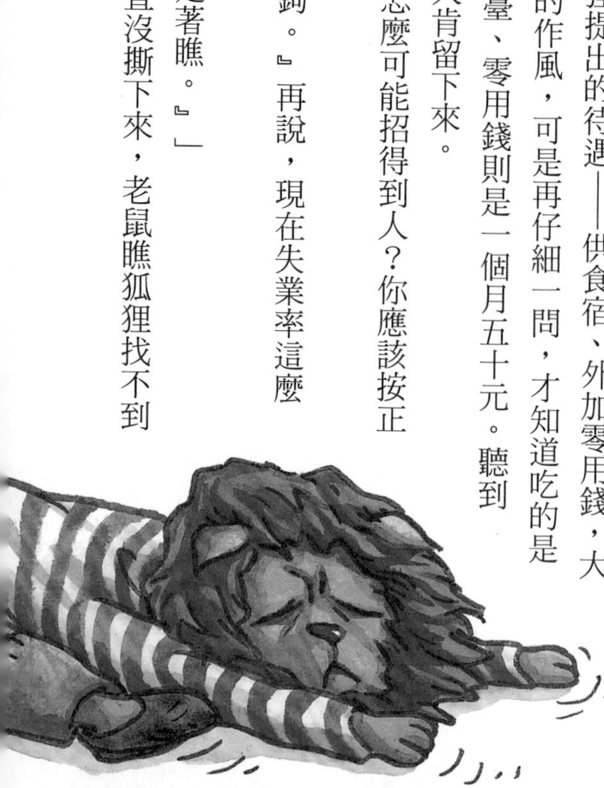

人當守衛，更加肆無忌憚的出沒，簡直就把雜貨店當作自家的廚房，來去自如。眼看老鼠越鬧越凶、越鬧越不像話，狐狸開始著急了，他想：「這該怎麼辦才好？」正當他滿屋子踱步，想不出好點子而發愁的時候，已經關好的店門，突然傳來重重的一聲——砰，嚇了一跳的狐狸趕緊拉開門看個究竟，是一頭獅子昏倒在地。起先狐狸很擔心，害怕萬一獅子死在店門口，不只會影響生意上門，恐怕還要負擔一大筆喪葬費，愁眉苦臉的狐狸低頭察看獅子的情形，聽到從獅子口中傳出的呻吟聲，他才放了心。

狐狸費了九牛二虎之力將獅子拖回店裡，他一邊拖一邊想，要怎麼處理這隻龐然大物。想著想著，狐狸的嘴角悄悄的上揚：「這不正是天上掉下來的

禮物。我就用這隻獅子當警衛，看見這麼大的一隻貓，那些老鼠肯定不敢來。」

狐狸把獅子帶到房間，點亮了油燈，才看清楚獅子的長相。他的頭髮參差如雜草蔓生、眼窩深陷、鼻頭、嘴脣、臉頰全爬滿了深淺不一的皺紋，十足是隻老獅子。狐狸端來一盤剩菜和一杯水，讓獅子填飽肚子，等獅子打了一個飽嗝，狐狸才開口問他：「你怎麼會到這裡來？」

「我本來在馬戲團表演跳火圈，可是我年紀大了，動作越來越遲緩，常常搞砸表演。主人就把我趕出來了。」

「沒關係，你就安心在這兒住下來，我聘你當警衛。」

「我行嗎？你瞧我這牙全掉光、爪也不利的模樣，怎抓得到老鼠？」

「你甭操心，大爺你只要往門口一站，那些宵小鐵定不敢出現。」

「那我就恭敬不如從命了。」

隔天一早，獅子換了嶄新的制服上班。鄰居見著了趕忙問狐狸：「你哪兒找來這個大人物看門？」

「天機不可洩露！」

自從獅子當了警衛，老鼠果真不敢再到狐狸的店大肆搜括，一連過了好幾天平靜無事的日子，獅子開始感到無聊，就當起馴獸師，抓起身上的跳蚤訓練他們摔角。狐狸看到這情形，覺得不划算，雖然不用給錢，但是要餵飽大食量的獅子，伙食費還是不少，可是又不能無緣無故請他走路，狐狸又開始傷起腦筋。

同樣傷腦筋的還有老鼠，他們開了一場家族會議，最後決定搬家。隔天從牆壁鼠洞鑽出大大小小數十隻老鼠，原本在打盹的獅子看見了，精神一振，一個箭步向前，威風凜凜的大喊：「你們想做什麼？」老鼠被嚇得手腳發軟，一個個的畏縮在地發抖。其中一隻大老鼠勉強走到獅子面前說：「獅子老大，請你高抬貴手，放我們一條生路吧！我們決定遠走他鄉，不再出現。」獅子樂得開懷大笑，背後的狐狸卻埼著嘴想：「請神容易，送神難。」

一夜無法入眠的狐狸，打開大門準備做生意，突然瞥見地上躺著一張傳單，撿起一看，心眼一轉，想出了個好主意，馬上找來獅子跟他說：「現在那些宵小都走了，您英雄無用武之地，很可惜，現在有個地方徵警衛，你何不去試試身手？」狐狸說完將傳單遞給獅子看。傳單上頭寫道：「三十里外有薯園一處，現誠徵警衛一名，體型高大、有經驗者，尤佳。意者請親洽薯園一談。」

「那我什麼時候去呢？」

「路途不短，你即刻啟程，比較適合。」

「好吧！感謝老闆你這些日子的照顧，我這就出發。」

看著獅子遠去的身影，狐狸心中像是放下了一顆大石頭，感到輕鬆無比。他甚至提早打烊，破例多喝了幾杯，慶祝今天的好運。

「老闆、老闆，你快開門！」

「是誰？大清早的吵人美夢。」狐狸打著哈欠起床，再仔細一聽，才發覺是獅子在叫門，他一邊罵、一邊走到店裡準備開門，才踏進店鋪，就看見貨架上空空如也，他以為自己還沒睡醒，抹了抹眼睛再看清楚，真的全被偷個精光。狐狸又驚又氣的打開大門，只見獅子上氣不接下氣的喘著，手裡揚起一張字條要狐狸看，狐狸接過一看：「感謝閣下專程到此一遊，鼠族全員敬啟！」

「老闆，對不起，我趕不及回來通知你啊！」

原來搬家是幌子，徵警衛是圈套，狐狸這次上了老鼠的當。吃了虧的狐狸學乖了，他先將獅子送到養老院安置，再花了大把銀子裝保全，不過他的算盤還是打得精，他聯合鄰居一起裝，向保全公司殺價。當他提到要一起裝保全時，他的鄰居很不以為然的說：「遭小偷的是你，又不是我，我幹嘛要裝？」

狐狸笑笑說：「你不裝也沒關係，你想想，我裝了保全，老鼠進不來我家，那他會去偷誰呢？」

鄰居聽了只得苦笑，乖乖把錢掏給了狐狸。

——原載二〇一一年八月十三日《更生日報・副刊》

—編委的話—

**王映之：**

精打細算的狐狸，影射的是小氣的商人，店裡遭鼠災，想用刻薄的條件聘請貓警衛，始終招不到。好不容易找到一隻老獅子嚇阻老鼠，狐狸又開始算計弄走獅子。裝了保全系統，還讓鄰居分攤費用，真是十足小氣。

**陳品臻：**

這是一則典型的寓言故事，主旨是告訴我們做事情要腳踏實地，否則「聰明反被聰明誤」，到頭來也只好乖乖地按部就班行事。故事中獅子的忠心耿耿和狐狸的狡詐形成了強烈的對比，你願意讓自己成為哪一種人呢？

**傅林統：**

天馬行空的想像，說的卻全是現實的生活，以親切感和諷刺性構成了老少咸宜的故事，當中含蘊的許多處世的機智和道理，值得細細品味。

# 滑鼠上課

◎ 插畫／那培玄

## 亞 平

作者簡介

喜歡看書、寫童話。曾得過九歌年度童話獎、
國語日報牧笛獎、教育部文藝創作獎等。

出版作品有《月芽香》、《愛吹冷氣的河馬》、
《我的大海，我愛你！》、《阿咪撿到一本書》、
《我有一隻鳥》、《兄弟悶很大》等。

童話觀

用合理的想像、美好的想像、趣味的想像三股編織，
童話，這件作品就會精巧、溫暖而且賞心悅目。

滑鼠流浪了好久，終於來到這片美麗的田野。

秋收後的稻田瀰漫著一股稻穀香，四處散落的穀粒肥美碩大，他想：「也許我可以在這裡吃個飽了！」

才伸伸懶腰準備大吃一頓，突然，四周出現很多不速之客：「喂！你是哪裡來的？這是我們的地盤，沒事的話快離開吧！」

說話的是一大群的田鼠。

原來這一片豐饒的田野是田鼠的領地。滑鼠看看四周，想走，又不太想走。突然，他降低身子，攤開兩手，一副匆促的神情：「不好意思啊！各位大哥，我只是路過這裡，要去遠方講課，你也知道，身為滑鼠，工作是十分忙碌的……」

「滑鼠？你是滑鼠？」田鼠們大聲驚呼。

「是的，我是滑鼠。」

「傳說中可以主宰電腦一切的滑鼠嗎？」

「跟電腦有關是沒錯，不過，並沒有那麼厲害……」

「天啊！我終於看見滑鼠了，原來滑鼠就是長這個樣！媽媽、哥哥、弟弟快來呀……」

聽到「滑鼠」的名稱，每隻田鼠像看到「神」般的恭敬，原本凶惡的態度也變得謙遜有禮，田鼠的長老更是馬上從家裡趕來。

他說：「滑鼠先生，我們這兒是窮鄉僻壤，難得有貴客光臨。不知道，你願不願意在我們這兒住幾天？」

「住幾天？不行吧！我還得去講課。」

「講課？」

「是啊！我已經和遠處的老鼠們講好，要去上幾堂『如何成為滑鼠』的課，在這兒耽擱太久，不行的！」

「『如何成為滑鼠』，這課挺新鮮的！我們也想聽聽。」

「不行，你們又沒有預約……」

長老把滑鼠拉到一邊，講著悄悄話：「最近我們這塊田地秋熟了，到處都是肥美的穀子，不如你留下，讓我們招待個兩三天，我保證，餐餐讓你滿足，頓頓讓你痛快，只要你也給我們講一點點課。」

長老的提議讓滑鼠相當動心，但是他裝出一副不得不的神情：「哎喲！我實在是不想失約，但是大夥兒那麼熱情，我怎能拒人於千里之外？好吧，就住幾天，幾天後就走……」

滑鼠並不是滑鼠，他實際上是一隻家鼠。在家裡，他看過主人使用過電腦，也知道那個叫「滑鼠」的東西。因緣際會之下，他離開了居住的家庭，到處流浪。因為知道很多鼠類對於「滑鼠」懷有高度的好奇，於是對外自稱「滑鼠」，開始了招搖撞騙的生涯。

滑鼠在這田地裡，果然得到豐盛的招待。甜美的穀子不僅吃到撐，還有各種珍奇野味，讓他大開眼界。這麼熱情的款待，主要是因為田鼠們對於「滑鼠」太崇拜了。

聽說，「滑鼠」是重要的人物。

聽說，「滑鼠」可以掌控電腦的一切。

聽說，「滑鼠」身負重任，任何重要的發明都要經過他的同意……

「聽說」太多了，田鼠深深覺得「滑鼠」好厲害啊！這麼重要的人物怎能不好好招待？就算是傾田蕩產，聽他講一堂課，也是值得的。

滑鼠過了幾天逍遙快活的日子後，終於決定要開講了。

第一天上課，田裡密密麻麻的都是聽眾，大家扶老攜幼都想來聽聽看「如何成為一位成功的滑鼠」。

「是的，要成為一位滑鼠不容易，」滑鼠用他那感性的語言，開始天花亂墜：「我們鼠類個子嬌小，聰明靈巧，又容易一手掌握，先天上就有當滑鼠的良好條件。但這些都是外在的，要當一位成功的滑鼠最重要的就是要有廣博的知識。是的，知識越豐富，越是一位稱職的滑鼠。

「很多人都以為電腦無所不能，錯！錯！錯！要知道，有時候，電腦也是很笨的。當他很笨的時候，怎麼辦？只能靠我們聰明的『滑鼠』啊！上知天文，下知地理，無所不知，無所不曉，滑鼠，才是真正的小兵立大功！」

臺下響起了如雷的掌聲，每隻田鼠瞬間都覺得驕傲起來。

「所以，可愛的同伴，讓我們努力充實自己，朝著滑鼠之路勇往邁進吧！」

滑鼠的第一堂課在大家熱烈的掌聲中結束，大家都很滿意他的演講。

只有田鼠阿秋覺得不對勁。「既然他說學問要廣博，為什麼連我們是什麼老鼠都不知道？而且他的外形很像家鼠，難道，滑鼠也是家鼠的一類嗎？」阿秋雖然滿肚子疑問，但他不敢說出口。

第二天，第二堂課開講了。

這堂課，滑鼠強調了「個性的柔軟度」。

「是的，為了要和個性強硬的電腦搭檔，無論如何，我們都要具備柔軟的個性。要知道，電腦那傢伙的脾氣很火爆，說壞就壞，說停就停，完全沒得商量；我們得隨時低聲下氣，居中協調，有時哄哄他，有時罵罵他，必要時，還要親親他，免得他鬧性子——當機！」

看到所有的田鼠全都睜大了眼，滑鼠笑著說：

「哦！對不起，我忘了你們不清楚，當機就是喀——嗤！」滑鼠的手在脖子上輕輕一劃，大家全都吃一驚。

「所以，當滑鼠，難啊！」滑

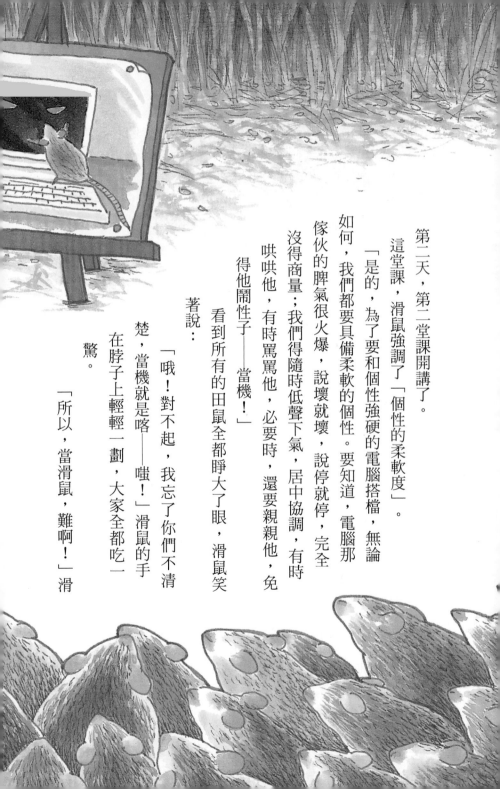

鼠輕輕嘆息一聲。

「既然當滑鼠難，那你為什麼還要當滑鼠？」阿秋聽了這堂課，又是滿肚子疑惑，忍不住提問。

「是的，為什麼我要當滑鼠，這個問題問得好。」滑鼠沒料到會有人提問，一時之間有點語塞。

「我也是有著不得已的苦衷，一般人都以為滑鼠輕鬆自在，但其實工作超辛苦的，永遠跑來跑去，轉來轉去，還要忍受人類的手指壓來壓去，耳朵都變形了；但是這個工作如此神聖，為了幫助大家，再苦我也忍得下啊！」

這堂課掌聲依舊熱烈，但是滑鼠知道，疑惑的眼光已經出現，看來，最後一堂課要提前上了。

第三堂課，滑鼠選擇在稻田的中央上課。

「既然是滑鼠，當然會滑嘛！今天，我就要露一手『滑』的功夫給大家瞧瞧。」

滑鼠從隨身的行李袋中拿出一個小型的滑板車。

「這臺車，是身為滑鼠才有的配備。別小看這臺車，他可以幫助我滑得很順，滑得更快，甚至還可以飛翔、跳躍、無所不能。等一下大家看到我的特技表演千萬不要太過驚訝，是的，這就是滑鼠的獨門技術。」

「等一下，你要從這裡滑出去嗎？」長老問。

「是的，就是這條路，又筆直又通順，足可以展現我『滑』的技巧。」

「可是這條路……」

「不要擔心我會翻車，再坎坷的路我都滑過，萬無一失的！」

「可是接下來……」

「接下來你們會看到我像一支箭般射出去，任何阻礙都阻止不了我，我會輕輕鬆鬆度過難關的。」

「可是……」

「可是……」

滑鼠看到很多田鼠都說著可是，心裡有些著急，「難道他們已經看出破綻，不讓我走嗎？」

當阿秋也大聲的說著「可是……」時，滑鼠想，不走不行了！

「同伴們，謝謝你們的招待，也許我滑得回來，也許我滑不回來，放心，滑鼠是無所不能的。」

說完，滑鼠就在大家的驚呼聲中，一口氣滑出去。果然像箭一樣。

田鼠們都說，滑鼠很勇敢。

「是啊，稻田的盡頭是一座小斷崖，下面是一個大湖泊，真怕他會掉下去！」

「放心，滑鼠很厲害，他會滑過那座湖泊的！」

「如果要這樣才能當滑鼠，那我寧可不要！」

「是啊，工作辛苦又危險，滑鼠果然是鼠中之王。」

阿秋還是不以為然。

「連稻田盡頭有湖泊都觀察不出來，還說自己學問豐富？根本就是騙人的傢伙。現在掉到水裡，我看，變成名副其實的『划鼠』了吧？」

——原載二〇一一年十月二十五～二十六日《國語日報・兒童文藝》

〔編委的話〕

**王映之：**

當滑鼠碰到田鼠，會擦出什麼火花呢？滑鼠成為田鼠的貴賓，開了課，介紹自己的神乎其技了！但是當滑鼠教授「滑」動的技巧時，卻掉到湖裡成為「划」鼠了，英雄頓時變成狗熊！看來作者是在啟示「守本分」吧！

**陳品臻：**

「滑鼠」的招搖撞騙，可以騙一輩子嗎？「惡有惡報」，希望他知錯能改。各位田鼠們，「滑鼠」只是電腦的配備，不會跑去跟你們講課的，好好盡自己的本分，當一隻老鼠就好了！這是作者好心的勸告呢！

**傅林統：**

貼近平常生活卻又想像奇特，故事中竟然上起為人處世的課程，勸戒虛華傲慢、狡詐撞騙，尤其暗示人與電腦的關係一為柔軟一為僵硬，可說在趣味中表現了豐富的涵義，難能可貴。

# 猜臉島歷險記

◎ 插畫／那培玄

## 林哲璋

**作者簡介**

來自兒文所。曾獲牧笛獎等獎項。

出版有屁屁超人系列四本、用點心學校系列三本、仙島系列二本、信誼閱讀列車（《打敗宇宙魔王的無敵武器》等四本）、《神奇掃帚出租中》、《斑馬大夫黑白醫》、《玄天上帝的寵物》、《大寶巨人倒楣鳥》、《不家村傳奇》等。

**童話觀**

信奉淺語的藝術；嚮往writes cats and dogs！
希望取悅「未來的大人」及「長大的小孩」！
童話最喜長壽，當小朋友讀給自己，當父母讀給子女，當祖父母讀給孫兒；
童話最怕矛盾，西門豹找到了破綻，「河伯娶親」作者就被丟進了河裡。

# 神祕島

從前、從前，在很遠又不算太遠、很近又不算太近（就是不遠又不近）的地方，坐落著一個「大家都沒聽說，人人皆不知道」的島國，它的存在原本是這世界的祕密……

一位雲遊詩人的船隻不幸遭遇了大風巨浪，迷失了前進方向，又撞上了礁石，沉入了海底。詩人不得已只好使出吃奶的力氣，奮力游上岸，因此發現了這個小島，最後還為它命了名。

詩人一踏上這片土地，就遇到一位農夫，農夫傷心的蹲在田裡哭，哭聲響徹雲霄。詩人上前安慰，輕輕的拍了拍農夫的肩膀說：「天有不測風雲，人有旦夕禍福，請您節哀順變……」

農夫一聽，不顧臉上還掛著兩行淚，跳起來就指著詩人的鼻子罵：「呸！呸！呸！你在這兒唱衰什麼呀？我正慶幸稻子長得好，今年肯定大豐收，你這哪裡冒出來的臭小子，竟敢莫名其妙的詛咒我。」

說完，農夫拿起鋤頭，作勢要讓詩人好看。詩人嚇死了，轉身拔腿就跑，一邊

跑，一邊無奈的說：「人在歡樂的時候，表情怎會是愁眉苦臉，還哭得像淚人兒一樣？」

詩人逃了沒多久，遇上了一位笑臉迎人的大漢，詩人很有禮貌的向大漢微笑致意：「您心情不錯，希望您天天如此。」想不到大漢卻一把抓住詩人衣領，狠狠臭罵了他一頓——若非詩人不停求饒，已挽起袖子的大漢還準備動手修理人。

「手下留情呀……你……為何無緣無故生氣？」詩人雙手護著頭頂，戰戰兢兢的問：「你對我微笑，我也對你微笑，這有什麼不對嗎？」

「我心情不好，你還對我笑，說什麼希望我天天如此！看了你的樣子，讓我一肚子火又火上加油——更加火冒三丈！」氣沖沖的大漢露出「燦爛」的笑容咒罵著。

「但你笑得很快樂呀……不是嗎？」詩人一臉委屈，不敢相信有人生氣時，還笑得跟中了彩券一樣。

詩人說盡了好話，賠完了不是，好不容易擺脫了「笑著生氣」的大漢。

詩人繼續前進，心想：「既然落難來到島上，不妨就好好遊山玩水，參觀一下這座地圖上沒有標明的小島。」

等到詩人遇見了更多的島上居民，他才慢慢歸納出來：原來，這兒人們心裡的喜怒哀樂，和臉上的好惡悲歡，完全是兩碼子事——換句話說，外人根本難以從島上居民的「表情」直接推測他們目前的「心情」。

「天哪！這該如何是好？」詩人不知所措：「人們臉上的喜不是喜，居民臉上的悲不是悲，我如何察言觀色、正確表達？難不成得用『猜』的？」

於是，詩人將這座島命名叫：「猜臉島！」

「不對呀！」詩人走到一半，突然想起其中的矛盾：「既然大家『臉上表情』和『當下心情』天差地別，為什麼農夫和大漢不知『將心比心』——竟然只根據我臉上表情，就判斷我心中想法？」

詩人決定做個實驗，他想：「這島上，人們心情和臉上表情完全不同，那麼我不妨故意裝出與心情相反的表情試試……」

他遇見一位小朋友，心中覺得好可愛，可是詩人卻做出凶惡的表情……

「看他會不會感受到我的善意！」詩人心想。

結果，小朋友果然望著詩人笑了，詩人正在洋洋得意時，看起來像是小孩子父母的人衝上前來，二話不說就把詩人制伏在地。詩人痛得哀聲大叫：「饒命！

我……我表情的意思是說小朋友很可愛呀！」

「胡說！你樣子那麼凶惡，怎麼可能是在說小孩子可愛？」護子心切但臉上笑嘻嘻的爸媽轉頭問小朋友：「乖乖，寶貝，有沒有怕怕？」

小朋友笑得好像見到糖果一樣，嘴巴卻說：「爸爸、媽媽，我好怕！這個叔叔好可怕！」

然後，詩人就被轟走了，他拔腿狂奔，仍不免被幾顆飛來的石頭打中。

「猜臉島」給詩人的第一個印象，就是如此的「膽戰心驚」。

居民自己的「表情」和「心情」恰恰相反，卻都以別人臉上表情猜測對方心意！

因此，詩人遇到的烏龍誤會，在島上的居民之間也時常上演。一路上詩人除了遇到要和他吵架的人以外，每走幾步路，也會見到島上居民彼此吵得不可開交。

「我要拜訪島上的統治者，問一問他怎麼忍心讓子民過這樣的生活？」詩人冒著被誤會的危險，問出了王宮在何處，隨即走向國王的城堡。

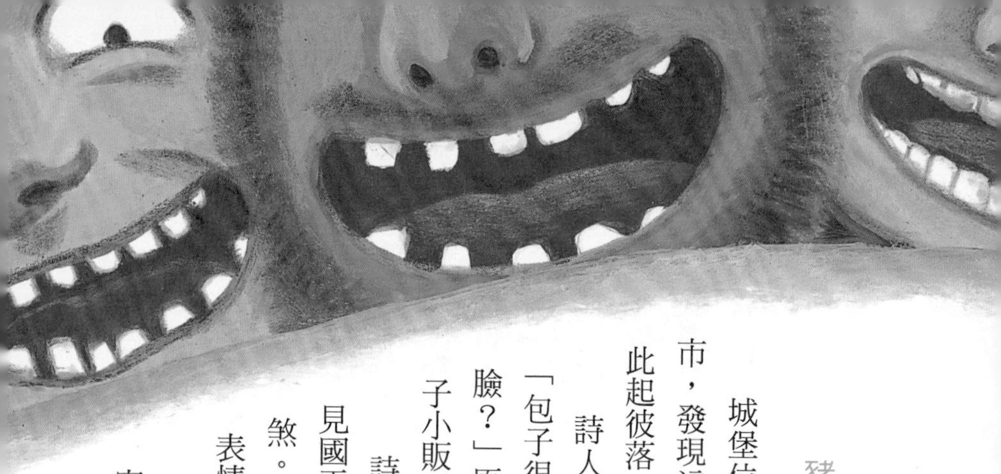



城堡位於島中央的城市，當詩人走入城市，發現這裡十分熱鬧——叫賣聲和吵架聲此起彼落。

詩人瞧見包子攤小販大笑著罵顧客：「包子很難吃嗎？為什麼裝出一副痛苦的臉？」原來客人苦著一張臉說好吃，但包子小販不相信，所以就大吵了起來。

詩人看天色已晚，決定找家旅店休息，明早再去晉見國王。他走進旅店，店小二迎面而來，卻是一臉的凶神惡煞。詩人心裡雖然害怕，仍舊鼓起勇氣提醒自己：「店小二現在的表情應該是在說：『歡迎光臨』！」

詩人努力壓抑自己快速跳動（簡直快要跳出來）的心，好不容易交涉成功，要到了一間客房過夜。正準備上樓時，一隻小小

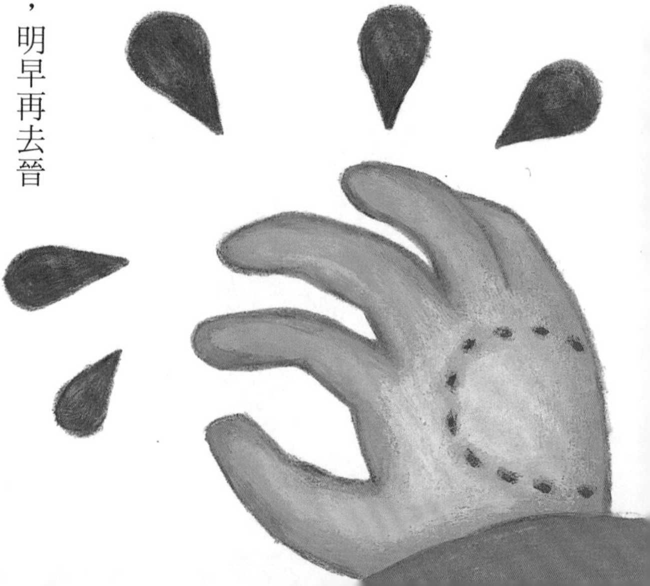

狗從桌底下跑了出來，對著詩人吐舌頭、搖尾巴，還露出世界上最無辜的眼神，彷彿懇求著詩人摸牠一下。

詩人真的伸手摸了，結果……被狠狠的咬了一大口。

「這島……竟然連動物臉上的表情都得『猜』嗎？」詩人望著被咬出齒痕的手掌，後悔莫及的說。

旅店大廳的人們、夥計，甚至是掌櫃的，臉上都流露出譏諷和嘲笑……

店小二一邊捧腹笑著，一邊遞給他藥膏。詩人強忍住眼淚和怒氣，默默在心裡對自己說：「那些恥笑的表情，其實代表著憐憫和同情……」

隔天一大早，詩人就動身前往王宮，拜會國王。

守門的衛兵遠遠的就對詩人親切微笑，早已學乖的詩人心生警覺：「衛兵正確的情緒應該是凶惡、不友善的吧……」

詩人展現最謙卑有禮的態度，搭配臉上滿溢的笑容，小心翼翼的走向衛兵。想不到衛兵不分青紅皂白的就用「擒拿術」將他押了起來，還亮出閃亮亮的兵器，命令他一動都不准動。

雖然詩人對衛兵的壞情緒早有預警，但仍舊受到驚嚇。他不解的問：「所謂伸手不打笑臉人，我沒惡意，只是想求見國王而已……」

「你以為我是死老百姓嗎？我雖然階級不高，再怎麼說，也算是個『官』哪！」衛兵以最謙卑愛民的神情與語氣對詩人說：「只有平民才會把『表情』當作實際的『心情』，我是官，服務的老闆是國王，最清楚『表情』和『心情』兩者不同之處了！你的笑容堆了滿臉、態度和善，就表示你心裡正想做壞事……」

「我……」詩人百口莫辯，衛兵準備將他銬上手銬。詩人擔心從此不見天日，情急之下，憤怒的掙開了衛兵的手，使出防身術，將衛兵過肩摔，摺倒在地。

想不到，被揍了好幾拳、踹了好幾腳的衛兵見詩人「怒髮衝冠」，竟也露出了無比凶惡、彷彿要殺人的臉，對著詩人氣呼呼的說：「看您的表情，『小的』就知道您是一位來意良善、崇尚和平的求見者，『在下』現在立刻為您通報國王，您可以先進去了……」

詩人這時不知該哭該笑，又怕事情有變，便忍耐著、保持住代表「善意」的凶惡表情，一直走到衛兵看不見的地方，才揉揉快要抽筋的臉。

「這島上的老百姓看到什麼臉，就相信什麼臉；城堡裡的官員看到一張臉，就當作沒這張臉。」詩人搖著頭說：「真是一個怪地方……」

詩人喃喃自語還沒結束，眼前就出現了一位婀娜多姿的少女，她背向著詩人，獨自站在王宮的花園裡。

這下子詩人可真不知該如何是好了——該自然流露正常的表情？還是故意裝出沒禮貌的樣子？

還沒等他想清楚，少女已因為聽到腳步聲而轉了身——這可把詩人給嚇壞了！這位背影十分迷人的女子，臉上正中央（就是鼻子所在的位置）竟然長了一株豬籠草，而眼皮和睫毛都變成了捕蠅草——兩種都是能捕食蒼蠅、昆蟲的植物。

詩人的表情未經大腦修飾，是第一時間的反射動作——他臉上流露出萬分驚恐！豬籠草小姐卻毫不在意，反而向前道謝：「您臉上驚嚇成這樣，代表心裡正對我的『美麗』，呼喊出無比的讚嘆吧！」

「原來，妳也是官哪！」詩人從豬籠草小姐詮釋他人表情的模式，做出了判斷。

「不！我是貴族，而且是城堡裡的公主。」豬籠草公主說：「百姓和小公務員表情多變，但我們貴族不只表情，整張臉、整顆頭，都能變化。」

詩人聽了覺得非常好奇：「敢問公主殿下，為何您會有現在的表情？」

「我剛剛在花園見到蝴蝶在空中飛舞，心裡想著要好好保護這些美麗的昆蟲，正準備請園丁把蜘蛛網清一清……」

## 豬頭國王

豬籠草公主領著詩人來到大殿之下，命大殿衛士前去通報國王，衛士見是尊貴公主的命令，「氣急敗壞」的進去通報了。

等待的時候，豬籠草公主對詩人說：「我很少遇到島外來的人，好害羞喔！」

詩人看見豬籠草公主的鼻子上，桃花一朵一朵開……

不久，衛士「粗魯無禮」的跑來向公主回報：「國王說他不接見平民，只接見貴族，想請問這位來賓的爵位、稱號……」

詩人來自沒有「國王、貴族」這些階級制度的國度，因此，家族未曾榮獲頭銜，更別說是名號了。幸好他是創作者，可以根據在島上的特殊經歷，想像出一套應變之道。

「請您向國王陛下稟報，來者是『知人知面不知心』公爵！」為了顯示自己的威望，他對衛士特別露出「卑微、怯懦」的表情。

果然，詩人順利進殿，見到了國王。國王不等詩人開口，就向詩人表示：「我是島上有史以來最聰明的人，換句話說，也就是最聰明的國王！」

古有明訓，所謂「客隨主便」，更何況「強龍不壓地頭蛇」！因此，詩人原本不準備質疑國王的說法。但是他頭一抬，見到了王座上那人的模樣——身穿金縷衣，頭戴金王冠，卻是豬頭人身——早餐差點從胃裡噴出來！

豬籠草公主……喔，不！是「人面桃花」公主拉了拉詩人的衣袖，悄悄在他耳邊說：「『知人知面不知心』公爵，您是外地來的，可能不太了解，就如同剛剛我跟您說的——在我們島上地位愈高，頭部的變化就愈大。請您切勿見怪！」

豬頭國王請詩人上坐，開門見山就跟詩人說：「『知人知面不知心』公爵你好，你是位公爵，應該武功不錯，是否能請公爵幫忙除去威脅我們已久的妖魔鬼怪？」

「可是……」詩人正想回絕，告知國王自己是舞文弄墨寫文章的文人，不是舞劍弄刀耍長槍的武士；但他見國王的頭變成了溫馴的兔子頭，恐懼著國王心中不知是何等可怕的野獸，只好勉為其難的答應：「呃……我盡力就是！」

「爸爸，您怎麼這樣？」人面桃花公主向國王撒嬌，嘟起嘴說：「公爵剛到島上來，您怎好意思如此麻煩人家？」

「唉！我也是不得已呀！若是島上有人能制伏那鬼怪，我又怎麼需要勞煩遠道而來的客人？」變回豬頭的國王又說：「女兒，看妳這麼在意，是否對這位『知人知面不知心』公爵很有好感呢？」

「誰說的？我只是把他當作新認識的朋友而已，爸爸，您知道的，我是很大方的……」人面桃花公主說著、說著，臉上的桃花卻沒有變成含羞草。

詩人見了這場面也覺得怪不好意思的……他心裡盤算著：「人在屋簷下，不得不低頭。我就假意幫忙除去妖魔鬼怪，到時，若狀況不對，再回來稟報能力不足，奏請國王另請高明吧！」

就這樣，國王派了兵馬，宣稱除妖事不宜遲，催促詩人即刻上路。臨行前，國王還向詩人說：「我相信你一定會毫髮無傷……平平安安，凱旋回來！」

詩人一回頭，國王的「豬頭」變成了「馬面配牛頭」！

## 鬼臉

詩人率領一群雄糾糾、氣昂昂，臉上掛著「必勝」表情的兵士走到半路，人面桃花公主就追了上來。她騎著一匹身上布滿小白斑的馬，說要一起去。

「您這『馬』好漂亮呀！」詩人不知如何表達他的感激，就顧左右而言他，說些避免尷尬的話。

「您錯了，我騎的是『鹿』！」公主臉上的桃花換成了含有「懷疑」意義花語的薰衣草。

「明明是馬！」詩人指著這隻有鬃毛、沒有角的動物說。

「唉喲！」薰衣草公主變回了人面桃花公主，屁股下的坐騎也一起變成了一隻鹿。這隻可憐的鹿負荷不了公主的體重，走得東倒西歪、七零八落，幾乎就要跌倒。

「算了……想不到在猜臉島上，連代步工具、跨下坐騎的樣子都得『猜』！」為了讓隊伍順利前進，詩人無奈的說：「是我錯了，公主，您騎的是『鹿』，沒錯！」

「對嘛！我就說是鹿！」公主話剛說完，屁股已經坐在變回原狀的駿馬身上。

有了公主陪伴，詩人心裡踏實多了。他想：「若鬼怪真的太厲害，我就有理由以公主安全為重，保護公主為要——班師回朝！」

走著、走著，當一行人來到鬼怪洞穴所在的山下，面露「萬夫莫敵、勇者無懼」神情的兵士們就不肯上山了。而具有紳士風度的「知人知面不知心」公爵當然不能讓公主冒險，只好自己上山查看……不過，他也不準備調查得太深入就是了。

上山前，公主對詩人說：「我不敢陪您去，但我可以把我的寵物借您，讓牠保護您……」

人面桃花公主回身打開馬背上的竹簍，對著裡頭呼喚：「小短扁，快出來！」只見竹簍內冒出一顆虎頭……詩人大聲叫好：「是老虎！太好了！有猛虎陪我上山，再恐怖的鬼怪都得讓我三分……」

但詩人話還沒說完，就發現竹簍裡那隻名叫「小短扁」的動物，就只有頭像老虎，頸部以下是一條道道地地、細細長長的小蛇尾巴。

「虎頭蛇尾？」詩人失望得說不出話來。

「牠是『虎頭蛇尾獸』沒錯，不過，您最好讓牠認為自己是不折不扣的老虎，不然牠會完全變回蛇的樣子。」公主好心提醒著「知人知面不知心」公爵。

公主還把她的水壺交給詩人，說：「這些水您帶在身上，上山殺怪需要多一點水分。」

「您不渴嗎？您應該留一些給自己喝。」詩人把水壺還回去。

「不，我剛剛喝很多了，感覺像全身都泡在水裡。我不需要，您拿去吧！」鼻子變成仙人掌的公主，又把水壺遞回給詩人。

不得已，「知人知面不知心」公爵勉為其難帶著「小短扁」上山。因為只有一條山路，所以鬼怪的洞穴十分好找，詩人一下子就發現了。

詩人雖然無意和鬼怪正面衝突，但也十分好奇——讓豬頭國王憂心忡忡的「妖怪」，到底長什麼樣子？他躲在遠遠的大樹後，找來一堆石頭，用力的往洞穴裡頭丟。

也不知丟了幾顆，洞口果然出現了一張眼凸、嘴歪、齒尖、鼻扁、面目猙獰而且恐怖異常的大臉……把詩人嚇得屁滾尿流，拔腿死命狂奔。

跑到一半，詩人才想起——小短扁還在樹下！雖然鬼怪可怕，但沒了小短扁，他如何向公主交代？

詩人只好躲躲藏藏，偷偷溜回山上，他在樹下找不到小短扁，便往鬼怪的洞口瞧去，這一瞧讓詩人大驚失色——「鬼怪」正好將小短扁握在手心，湊近鬼眼仔細端詳。

因為「小短扁」落入鬼怪手中而不敢逃走的詩人，只能默默躲在樹後乾著急……

時間一久，詩人恢復了冷靜，再度望向那隻龐然大物，開始覺得事情一定不單純——鬼怪的身形，怎麼好像是巨大版的人類小孩？

詩人再仔細一想：「這個島是『猜臉島』，人人臉上的表情都恰恰和心裡想的不同，因此我才遭受許多誤會。那麼，這隻臉上有著最邪惡、最猙獰表情的巨大生物，豈不應該是最天真、最無邪的島上成員？」

「難道恐懼真能蒙蔽人們的智慧？」詩人為了驗證自己的假設，鼓起勇氣，走上前去。鬼怪查覺了詩人的存在，竟露出十分憤怒的臉色，伸出一雙巨掌，張開血盆大嘴，然後……

## 回航

鬼怪竟然輕輕摸了摸詩人的頭髮，用娃娃音說了聲：「抱抱！」

真相大白了！原來鬼怪只不過是島上的居民之一——王國傳說中千萬年前就生

存於附近海島的巨人族。巨人族身軀龐大，但生長緩慢。不知是哪位粗心的巨人媽媽把小孩安置在島上的洞穴，造成大家的恐慌；而恐怖的「鬼臉」，不只巨人小孩會裝，每個人類小孩都會！

「知人知面不知心」公爵將發現的真相回報給豬頭國王，豬頭國王一則以喜，一則以憂：憂的是，原本他以為除掉鬼怪，島上居民表裡不一的怪現象就可解除，現在看來是沒什麼希望了；喜的是，島上唯一可以威脅他王位的生物，竟然只是巨人族乳臭未乾的小小孩——再弱小的螞蟻，也不必擔心剛出生的嬰兒老鼠——他大可以放一百二十個心！

詩人體會到，只要多一點點耐性思考，少一點點衝動躁進，就能打開智慧，發現事情真相！

詩人取得人面桃花公主的同意，把「小短扁」送給了小巨人當朋友——沒有小孩不喜歡小動物陪伴——小短扁還有了個新名字「貓頭虷蚓」。

小巨人把他的木頭湯匙送給詩人當紀念。這把巨人族的小湯匙，就像一艘大木船，詩人請人裝上了帆，準備返航，駛向他的家鄉。

當詩人從巨人洞穴凱旋歸來，在慶功宴上，豬頭國王就問了人面桃花公主：

「女兒啊！看妳講話甜甜蜜蜜的，看來是戀愛囉！」

「才沒有呢！」公主說完，鼻子變成苦瓜，害羞得跑出大殿外。

國王再問詩人：「我知道，公爵你想念家鄉，不便留你，但可否帶我女兒一同前往？」

詩人回答國王：「公主雖然常常表情和心意不太對應，卻是我見過最真心的『表裡不一』！我願意和公主訂下終身、長相廝守。只是，我所生長的國度，對公主善變的樣貌恐怕難以接受，公主隨我前去，我擔心會造成她的困擾。」

「我明白！」國王再問詩人：「那麼，你這次回鄉，還會再回來嗎？」

詩人斬釘截鐵的說：「猜臉島上大家表情和心情雖然並不一致，卻是我見過最『誠實』的一群人。待我回鄉稟明雙親，必定返回島上長住。」

出航那一天，詩人向大家道別。人面桃花公主陪詩人步上甲板，詩人叮嚀公主：「別太傷心，別太思念，要保持心情開朗……」

公主哽咽，說不出話，只在鼻子上開出一朵向日葵花。

詩人臉上勉強擠出微笑，心情卻是悲傷不已。最後，向公主和島民揮手道別時，詩人深深覺得，在島上才待沒多久，他的臉，卻已經變成「猜臉島」上的臉了。

公爵詩人在返航途中寫下了〈猜臉歌〉：

讀讀臉　猜猜臉
猜反了被揍被扁　好危險
猜猜心　讀讀心
讀錯了被瞪被盯　好心驚

不易懂　說謊的真
不難猜　誠實的錯
臉哭　或許心在笑
臉笑　其實心在哭
臉能看清楚
心卻猜不透

猜中了臉　笑容無限複印
讀偏了心　生活加倍艱辛
世上
人　除了有頭有臉勿忘還有
心

——原載二〇一一年四月《未來少年》第四期

一編委的話一

**王映之：**

猜臉島上的人，臉上的表情和心裡的想法不一致。詩人因為無法正確判斷別人的情緒，吃足了苦頭。在這樣的國度，人與人的溝通需要小心翼翼、戰戰兢兢，好辛苦耶！不知作者受過什麼樣的委屈，怎麼創造出這樣的情境？

**陳品臻：**

猜臉島的「表裡不一」，引發了許多誤會：表情和心情不一致，怎能用表情猜測心情呢！若大家都能像詩人所說的「將心比心」，必定能減少衝突、化解誤會，相信人與人之間相處的道理也應該如此啊！

**傅林統：**

察言觀色，是智慧，卻也是困惑，作者以反轉和對比，以及幽默、搞笑、奇幻、懸宕、詩歌等創意和技巧，表現當中五味雜陳的狀況，是一篇趣味與內涵兼顧的童話。

# 烏龍小姐賣烏龍麵

◎ 插畫／那培玄

## 周姚萍

**作者簡介**

兒童文學創作者及譯者。

著有《日落臺北城》、《臺灣小兵造飛機》、《山城之夏》、《我的名字叫希望》、《妖精老屋》、《妙妙聯合國》等書。
作品曾獲金鼎獎推薦獎 、聯合報讀書人最佳童書獎、幼獅青少年文學獎、九歌年度童話獎、好書大家讀年度好書等獎項。

**童話觀**

以誇張奇趣的手法，將真實世界加以變形，
卻更突顯出真實世界的種種，這就是童話。

烏龍小姐就像人們對她的稱呼一樣，做事很烏龍，老是出狀況。雖然她的模樣很可愛，圓圓的臉經常笑瞇瞇的，讓人一見就喜歡，因此容易找到工作，卻也由於烏龍的特性，讓一到手的工作，總是很快就丟了。

現在，烏龍小姐在一戶人家當保母。

夏天裡，天氣熱得冒火。烏龍小姐要帶主人家的小女兒千千去游泳。

烏龍小姐把游泳所需要的東西，塞滿了大包包，連洋芋片、捲心餅……一大堆美味的點心也都放進去了。

「游了泳，肚子一定會餓得咕咕叫，點心就是必備的啦。啊，我真是想得太周到了。」

烏龍小姐帶著千千來到游泳池，要幫千千換泳裝時，才發現：「啊，我怎麼把泳裝拿成洋裝了。主人買泳裝買這種洋裝樣式的，很容易拿錯耶。唉呀，反正泳裝、洋裝只差一個字，就湊合著穿吧。」

不僅拿錯泳裝，當烏龍小姐取出蛙鏡時，卻發現自己裝進袋子裡的，是千千奶奶的老花眼鏡。

還有，點心塞得一大堆，浮板竟然——忘了帶！

「這樣要怎麼游啊？沒有泳裝、蛙鏡，也沒有浮板……」千千大聲抗議起來。

「嗯……嗯……」再回去更換、補拿東西，太麻煩了；買新的又太花錢了。烏龍小姐雖然烏龍，卻很樂觀，從不被自己的烏龍打敗。她搔著頭，努力想辦法，可是怎麼也想不出來。

這時，池畔響起砰砰咚咚的聲音，烏龍小姐轉頭一看，一個很胖很胖的胖太太，肚子都胖得凸出來了，就像一個游泳圈。

胖太太啪滋一聲下了泳池，濺起大大的水花。

胖太太優哉遊哉的在水裡仰泳，接著閉上眼睛很輕鬆的漂哇漂。

烏龍小姐抓著千千跳下水，把瘦小的千千抱起來放在胖太太身上，「你看，超級大浮板，坐在上面一點都不會碰到水，所以沒有泳裝、蛙鏡也沒關係。」

胖太太啪的睜開眼睛，瞪著烏龍小姐看，冷冷的問道：「你說什麼？」

烏龍小姐開始傻笑，「呵呵呵……我……我是說，你那麼胖，胖得肚子那圈好像游泳圈喔。而且你的體積這麼大，在水中漂來漂去，好輕鬆、好自在，實在應該物盡其用，所以，我就借用你當小孩的浮板啦……」

胖太太最痛恨別人說她胖，她的氣一下子冒了出來，多到身體也裝不下，於是從鼻孔狠狠噴出來。怒氣把坐在她身上的千千衝得飛上天。

「啊——」千千發出尖叫。

「慘了，慘了，慘了！」烏龍小姐趕緊跳出泳池，大大張開雙手，往千千掉下來的地方跑。

「碰！」好險，烏龍小姐力氣大，也接得準，千千正好落在她的雙手中。

不過，千千嚇壞了，回家跟媽媽告了一狀，烏龍小姐的保母工作也飛了。

不過，烏龍小姐很快找到一個幫人遛狗的工作。這個工作可不輕鬆，每天傍晚，烏龍小姐的雙手得拉著六條狗，到公園散步，六條狗有大有小，個性也不相同。有的主人還有額外要求：像是拉拉除了散步外，還需要丟飛盤跟牠玩；吉利則要有溜滑板的時間。

於是，烏龍小姐帶著六條狗散完步之後，先把狗繩子繫在公園座椅的把手上，然後拿出滑板，接著想了半天：「要溜滑板的是……是……啊！是吉利。」

烏龍小姐想出來了，趕緊跑去解開一隻黑白花色大狗的狗繩子，不過，牠可不是吉利，牠是蛋頭。

蛋頭不愛溜滑板，卻喜歡蹦蹦跳跳，當烏龍小姐把牠帶到滑板前，喀碰，牠竟然把滑板當成蹺蹺板，往其中一頭一個蹦跳。

烏龍小姐的鞋帶鬆了，所以她一腳正好踏在滑板的另一頭，準備綁鞋帶。蛋頭一用力跳，烏龍小姐就被蹦上天了。

「啊啊啊——」烏龍小姐發出尖叫。

幸虧她的身手俐落，運氣也不錯，掉下來時抓住了一棵大樹的樹枝。公園裡路過的人以為她在表演特技，呆呆看了半天後，還鼓起掌來。

「哎喲，哎喲。」烏龍小姐累慘慘的爬下樹。

她把蛋頭綁好，喃喃念著：「這樣玩滑板還真有創意呢……好，接下來還有拉拉得玩飛盤。」

她放開一隻金黃色的長毛狗，以為牠就是拉拉，然而長毛狗是露比；露比膽子很小，特別害怕突然出現的東西。所以，當烏龍小姐把飛盤丟向露比時，牠嚇得開始狂奔，衝到狗群裡想躲起來，結果引得狗兒全部瘋狂的亂竄、亂叫，把狗繩子都弄

得鬆脫了，所有的狗四處亂跑，讓烏龍小姐滿公園追著跑……

於是，烏龍小姐的遛狗工作又沒了。

丟了工作後，烏龍小姐看到別人開店做老闆好像很不錯，於是也想自己試試看。

「好，來開店當老闆吧，可是……要開什麼店呢……」

烏龍小姐想了又想，終於想出一個絕妙的點子：她要開店賣烏龍麵，每一碗麵還附贈一杯烏龍茶。哇，聽起來就很適合烏龍小姐呢！

經過一陣子的忙亂準備，烏龍小姐的烏龍麵店開張了。

當然，烏龍小姐不改烏龍本性：烏龍茶泡得太久，成了「苦茶」；鹽巴像不用錢，放了一大堆，讓原味烏龍麵成了「鹹死人烏龍麵」……像這樣的烏龍情況經常發生，氣走許多顧客，也讓生意愈來愈不好。

「客人好少喔……」

嗯，客人不只很少，還幾乎到了一整天都沒人上門的地步，烏龍小姐只好煮烏龍麵給自己吃，吃完後瞪著外頭看，看太久，就忍不住開始打瞌睡。

好一段時間以來，幾乎都是這樣。烏龍小姐已經想要把烏龍麵店關掉，去找別的工作了。

這天，就在烏龍小姐打瞌睡時，「來一碗烏龍麵！要快點！」一個聲音將她驚醒。

「好，好，馬上好。」烏龍小姐忙亂的送上一杯烏龍茶，然後開始煮麵。愈想快就愈亂，烏龍小姐忙得手都快打結了，腦筋也一樣。這時，客人又冒出一句：「多加一顆蛋。」

「喔喔。」昏了頭的烏龍小姐聽到客人的話，拿起一顆蛋，糊裡糊塗丟進旁邊的油鍋裡。那顆蛋有條裂縫，在油鍋裡啵啵啵了好一會兒，就「爆」了，衝飛上半空中。

「啊啊啊！」烏龍小姐趕緊拿起一個大碗，手往上伸，瞪大眼睛，看準蛋落下來的方向，「啪」一聲，接住蛋。

烏龍小姐看著碗裡的蛋，對客人傻笑著：「呵呵，變成『蛋花』了。」她一邊講，一邊想：等一下客人一定會大喊：「怎麼這麼烏龍？叫我怎麼吃？」然後氣呼呼的站起來，頭也不回的離開。

那位客人果然站起來了，烏龍小姐緊張的看著他，他卻捧著肚子，哈哈哈笑了

起來。「我……我本來心情很不好，可是看到你這麼搞笑，心情就好了起來。」

客人往烏龍小姐手中的碗裡一看，「炸得真像一朵花，挺漂亮的，我來吃吃看。」他把「烏龍炸蛋」拿過去，吃了起來，還一直說滋味很好呢。

後來，這位客人有朋友心情差時，就請他們來烏龍麵店吃麵，當他們看到烏龍小姐狀況連連、爆笑的煮麵過程，總是笑到「噴麵」。

而且，除了「烏龍炸蛋」之外，烏龍小姐更得到激發，將自己煮麵、煮菜的烏龍過程，變成有用的「創意」，發展出從沒有過的菜色，像她曾在慌亂中把麵打成蝴蝶結，因此有了「烏龍蝴蝶結麵」；又像麵原本該下到滾水裡，她卻糊裡糊塗下到熱油中，於是發展出「烏龍黃金酥脆麵」……

這些烏龍料理竟然特別受到歡迎。於是，烏龍小姐就一直在店裡忙碌著，再也沒有換過工作了。

——原載二〇一一年八月二十三～二十四日《國語日報．兒童文藝》

**王映之：**

「烏龍小姐」賣起了烏龍麵，雖然她還是烏龍不斷，卻陰錯陽差創造了許多有特色的菜色，像是「烏龍炸蛋」、「烏龍蝴蝶結麵」、「烏龍黃金酥脆麵」等，烏龍料理竟然特別受到歡迎，傻人有傻福，真有趣！

**陳品臻：**

誰說做事一塌糊塗的烏龍小姐保不住工作？「天生我材必有用」，烏龍小姐歷經了多次的碰壁，終於找到了合適的工作，頻頻出錯反而激發更多不同的火花，發揮……嗯……「長處」……有機會我也想去嘗嘗「烏龍炸蛋」的滋味呢！

**傅林統：**

「烏龍」是意外、是好笑，連續的烏龍就是一連串的好笑，怎不叫人興味盎然！寫「烏龍」要有豐富的想像和幽默感，姚萍的「烏龍」風格特殊，涵義尤其深刻。

# 卷五
# 讓童話溫暖你的心

# 愛情鞋

◎ 插畫／劉彤渲

## 林世仁

**作者簡介**

一九六四年生於高雄左營，文化大學藝術研究所碩士，
曾任國光藝校兼任教師，英文漢聲出版有限公司副主編，
蘆荻社大、板橋社大繪本教師，目前專職兒童文學創作。
曾獲國語日報牧笛獎童話首獎、金鼎獎推薦獎、九歌年度童話獎等。

作品有童話《十四個窗口》、《十一個小紅帽》、《字的童話》系列、
《換換書》、《林世仁童話—魔洞歷險記》、圖象詩《文字森林海》等二十餘冊。

**童話觀**

童話，是用「童心的話語」所創作出來的幻想故事。
童心，是以「新鮮的眼光」來看這個老舊的世界。

小男孩一早出門，找不到鞋。

「看吧，叫你收好不收好，被野狗叼走了吧？你乾脆光腳丫去上學好了。」

於是，小男孩就光著腳丫去上學。

鞋子不見了，好運似乎也跟著搞丟了，小男孩一路上都碰到怪事情。

「哎呀！」他踩到螞蟻。

「哎呀！」他被野狗追。

「哎呀！」他跑兩下就轉錯了街。

「哎呀！」他想到今天星期六，根本不用上學！

他正想跳腳，「叭嗒！」一滴麻雀屎滴到他的腳趾頭。

「臭麻雀！大壞蛋！」小男孩追著麻雀跑，揮舞著小拳頭。

「哎呀！」腳一滑，咕嚕咚！小男孩摔進一個黑洞裡。

黑洞立起來，咚咚咚，往前跳。

咚！咚！咚！小男孩被咚得一跳一跳，腦袋咚出了黑洞。

咚！咚！咚！小男孩雙手抓緊了……雙眼看清了……

黑洞不是黑洞，是一隻黑色的超級大馬靴。

「喲嗬嗬！往前走！」大馬靴唱著歌，好像很開心：「喲嗬嗬！往前走！」

「停！停！停！」小男孩大叫。

「不能停，不能停，剛剛睡一覺，時間浪費掉。」大馬靴說話像唱歌，不，根本就是在唱歌。「喲嗬嗬！鞋兒沒主人，有腳不能走。鞋兒有主人，趕緊往前走！往前走，往前走，愛情在遠方呼喚我！」

大馬靴「咚！咚！咚！」跳起來，踩過行人的肩膀。

「哎喲！」「哎喲！」「哎喲！」……

行人嚇一跳，紛紛閃開頭、彎下腰，想要躲。

大馬靴看得準，踩得快，「咚！咚！咚！」誰也沒漏掉。

「哎喲！」「哎喲！」「哎喲！」有人叫警察，有人打一一九。

小男孩嚇得大叫：「小心，小心，別踩傷人！」

「踩傷人？開玩笑，我們輕的像羽毛。」

「怎麼可能？我就有廿三公斤重！」小男孩說。

「哈，真巧！真巧！」大馬靴說：「我的體重不多不少，恰恰好，負廿三公斤！一正一負，正好抵消。」

大馬靴「咚！咚！咚！」一下跑過街。警察來，找不到壞人。一一九來，沒傷患。每個人的頭上、臉上、肩膀上，都印著一朵一朵七彩的小花，臉上還掛著傻傻的笑。

「噓——踩小聲一點啦！」小男孩拍拍大馬靴，提醒它：「你咚咚咚的，怎麼逃得掉？」

「逃？我為什麼要逃？」大馬靴不服氣：「親嘴就是要大聲！小小聲？多沒禮貌！」

「親嘴？」

「不然你以為我在幹嘛？」大馬靴翹起鞋尖，像馬一樣，「嘶——！」，好像在笑。

小男孩回頭看，發現大馬靴踩過的地方，紛紛開出一朵一朵小小的花，高高低低，五顏六色……

「那些小花可不是馬蹄印喔，是我的嘴唇印！一吻一朵，一朵一吻！」大馬靴得意的說：「瞧好了，看我親公車……親汽車……親機車……親！親！親！我的小親親——我來了！」公車上、汽車上、機車上都開滿了花，大街上一片混亂……

小男孩一邊哇哇叫，一邊問：「你有情人？」

「那可不？人人都有情人！」大馬靴飛快往前跑。

「你的情人在哪裡？」後頭，交通警察吹著哨子揮著手。一群人又跑又跳，吵吵嚷嚷，跟著追。

「還沒遇到，我怎麼知道她在哪？」大馬靴不慌不忙，跳上公寓屋頂，甩掉警察和人群。

「不知道？那……你要上哪兒去找她？」小男孩開始擔心大馬靴要環遊世界。

「情人在哪？誰知道？誰知道？」大馬靴又開始唱歌：「遇到了，就知道！就知道！看我把公寓親得亮晶晶，看我把樓房親得晶瑩瑩！聽到我的親吻聲，小親親就知道我來了……啦啦啦，愛情，愛情，我來啦！」

咚！咚！咚！

巨人鞋親著一棟一棟樓房，樓房頂開出一朵一朵花。

巨人鞋親著一根一根電線桿，電線桿開出一朵一朵花。

大街小巷的人全追出來。開車的，騎機車的、騎單車的、溜直排輪的……穿皮

鞋的、穿
跑鞋的、穿
拖鞋的、穿草
鞋的（哦，這個
沒有）……一群
來不及穿鞋子的乾脆
光著腳、跳著腳，跟著
追。

小男孩嚇傻了。「快快快，被抓到就慘了！」

「沒問題。」大馬靴快起來，好像風中的大黑馬。

「哇！你究竟是誰掉的靴子啊？」小男孩的眼睛被風吹得都快睜不開了，「大巨人？大妖怪？還是大天使？」

大馬靴緊急煞車，三百六十五度翻了一個大筋斗，好像要把什麼東西從耳朵裡頭抖出去。

「啊——！」小男孩差點飛出去，緊緊抓著大馬靴。

「哦哦哦，好可怕的問題！好可怕的問題！上次它跑進我的腦袋瓜，害我想了三年又三天，完全沒答案，完全浪費時間！」大馬靴好像很不高興，「現在啊，我才不管我是誰？主人是大巨人還是大妖怪？我就是我，我要去闖蕩天下，我要去尋找另一半！」

說完，大馬靴又「嘶——！」一聲長嘯，跳回地面，繼續往前趕路。

馬路上又多了一長串美麗的花印子，循著花印子追過來的人越來越多……

「你究竟要趕去哪裡？」路旁的商家、小販、等公車的人、討錢的人、迷路的人、沒事做的流浪漢、穿梭時空的外星人（哦，這個不確定有沒有）……全都加入了追蹤行列。

「哪兒都去，哪兒都不去！」人龍越來越長，好像在跑馬拉松……

「這是什麼答案啊？」小男孩抗議。

「好吧，看在你是我第四十七個主人的份上，我就告訴你。」大馬靴說：「以前啊，我到處跑、到處找，找不到情人，碰不到愛情。跑到天之涯，只找到老天爺的大蛀牙；跑到海之角，只找到閻羅王的大腳丫……這一次，我決定放棄尋找，我要倒過來……嗯，讓愛情自己來找我！」

「愛情怎麼找你？」

「簡單。」大馬靴說：「我只要開心做自己就行！就像這樣，看到什麼都讚美，都親一下！我親、我親、我親親親……只要親得夠久、夠開心，我的小親親就會自動出現。」

是這樣嗎？小男孩聽得腦袋昏昏沉沉。

這也難怪，一大早就掉進一隻巨人鞋，被托著到處跑，後頭還跟著一群莫名其妙的人在拚命追，誰的腦袋不會昏昏沉沉的呢？

這會兒，大馬靴已經親到城市邊緣來了。

後頭的人群黑壓壓、鬧轟轟，遠遠追來的聲音好像夏天裡滾動的雷聲。

大馬靴得意的一仰頭：「我親陽光，我親花！我親空氣，我親水。」說著就衝進河裡，咚！咚！咚……嚇得小男孩哇哇亂叫。

「別擔心！我防風、擋雨、不怕水。」

果然，大馬靴就像飛魚一樣，在河水上點啊點……一下子便跳過了河，跳到對岸的河濱公園。

好多小朋友在放風箏。

「耶，我還沒親過風箏！」大馬靴跳上一根風箏線，往上蹦。

小朋友好興奮。「看啊，一隻大靴子在風箏上跳來跳去，上頭還有一個小男孩！」

「我也要坐大靴子！」「我也要！」「我也要！」……

小朋友跑過來、追過去，風箏線纏在一起，把大馬靴也纏住了。風箏往下掉，大馬靴也往下掉……

「糟糕，我們被纏住了！」小男孩大叫：「我們在往下掉——」

「耶，我還沒親過『纏住』呢！」大馬靴親著纏在一起的線，直直往下掉。

「我們會摔死！」

「是嗎？『摔死』來的時候，別忘了提醒我，我要親它一下！」

大馬靴往下掉，靴尖往上翹，好像要親一下「摔死」……

碰！大馬靴摔到地上。

咚～～咚～～咚～～大馬靴像皮鞋一樣彈啊彈……

「哇——！」小朋友紛紛逃開。

大馬靴繼續往前彈……

「耶！好玩！好玩！我不必自己走，也能往前跑！」

大靴子身上纏滿風箏，好像大怪物，又像全身插滿了花。

咚！咚！咚！咚！大馬靴往前彈，停不下來，撞倒單車、撞飛籃球……

對岸的人紛紛趕過河。噗通！噗通！噗通！噗通！游泳的，叫船的，套著救生圈的、抱著木板的、叫車繞過河的、在水面上行走的（哦喔，好像只走了三步）……

好不容易，大馬靴撞到一根大樹幹，收住腳。

哦，不是大樹幹，是一隻鞋，一隻紅色的巨人鞋！

鞋子口還探出一位小女孩。

「咦，有人這樣打招呼的嗎？」大紅鞋說。

大馬靴臉紅了。「哦……嗯……呃……」

小男孩看見小女孩，驚訝的瞪大眼睛。

大紅鞋看著大馬靴身上橫七豎八、亂纏在一起的風箏，噗嗤一聲笑出來：「這是你要送給我的見面禮嗎？」

大馬靴的臉紅得更厲害了。「啊……嗯……哦……」

「我很喜歡。謝謝你！」大紅鞋說。

小女孩看見小男孩，朝他揮揮手。

大紅鞋把大馬靴身上的風箏解開來，仔仔細細繫在自己的鞋孔洞裡……

大馬靴好興奮，繞著大紅鞋，跳啊跳。

大紅鞋也好興奮，跳啊跳。

咚！他們鞋底對鞋底，碰了一下又分開。

咚！咚！碰兩下，又分開……

咚！咚！咚！咚！像親嘴一樣，他們碰碰對方，又分開……

「哎呀！」小男孩從大馬靴裡摔出來。

「哎呀！」小女孩從大紅鞋裡摔出來。

兩隻大鞋子繼續親嘴。

「風來嘍！」風箏唰唰響，飄起來。

「準備好了嗎？」他們肩並肩，翹起腳尖。

「出發嘍！」咻！他們親著風，飛起來……

咚！咚！咚！

兩隻巨人鞋，一路親著綠樹，親著白鴿，親著白雲，親上藍藍的天空……

人群終於渡過河，跑過來，仰起頭。

「哎呀！跑掉了！」

「哎呀！沒讓它踩到！」

「哎呀呀！真想讓它再踩一腳！」

「那麼漂亮的花印子啊！真可惜，真可惜……」

嘆息的話，從嘆息的嘴巴裡跑出來，從草地上往天上飄。

草地上，小男孩坐起來，揉揉眼睛。

草地上，小女孩坐起來，揉揉腳踝。

「妳好！」小男孩說。

「你好！」小女孩說。

風在他們之間穿過來、穿過去。

遠遠的天空上，咚咚咚的親嘴聲，一路往天空、往星星、往宇宙的盡頭，一路

響了過去……

——原載二〇一一年九月二十四～二十九日《國語日報・兒童文藝》

## 編委的話

**王映之：**

愛情，要大費周章尋找嗎？不如做好自己，親著空氣、親著白雲，不必天涯海角追尋，愛情就會自己來找你，讓你有一段美妙的相遇，多麼美好的啟示！

**陳品臻：**

「愛情」究竟是什麼？怎樣去尋找？最好叫他自己找上門！難嗎？不！故事告訴我們，一隻鞋，咚！咚！的一路親嘴，往天空，往星星，往宇宙的盡頭，到處與愛情相遇，多美妙！

**傅林統：**

飛揚的想像令人興嘆，巨人鞋親著一切，大樓、電桿、陽光、風、花、水，留下漂亮的花印，親嘴聲響到天空、星星、宇宙，多麼奇特，多麼溫馨，多麼深遠的涵義。

# 誤會之戀

◎ 插畫／潔 子

## 管家琪

**作者簡介**

少兒文學作家。祖籍江蘇鹽城，一九六〇年出生於臺灣臺北。
輔仁大學歷史系畢業。
曾任民生報記者七年，一九九一年五月底辭掉記者工作之後，
即在家專職寫作至今，一直在少兒文學領域努力耕耘，著作甚豐。
目前在臺灣已出版創作翻譯和改寫的作品逾三百冊，
在大陸香港和馬來西亞等地也都有幾十冊作品出版。
曾多次得獎，譬如臺灣金鼎獎、德國法蘭克福書展最佳童書等等。

**童話觀**

童話是一種自圓其說的藝術。

在神奇的一吻——照說應該是神奇的一吻——之後，小青蛙沒能變成英俊的王子，只是變成一隻能夠站立、能夠說話，還穿著一身宮廷服飾的大青蛙。

「哎呀呀呀，這真是誤會！」大青蛙說：「剛才我拚命掙扎不肯讓妳親，其實就是一直想告訴妳，妳親錯人了，妳應該去親那種由一個被詛咒的王子所變成的青蛙，不應該來親我，老實說我只是一個青蛙怪！」

「老實說我也不是什麼公主，只是一個在廚房裡幫忙的普通女孩，大家都叫我『幫廚女』。」女孩紅著臉說。

青蛙怪這才注意到，眼前這個女孩漂亮是漂亮，跟傳說中的「公主」乍看是很像，只是有一個地方很不對勁，那就是——大家都知道凡是公主和王子的頭上都會戴著一頂王冠，連青蛙怪自己這個貌似王子的傢伙現在頭上都有一頂王冠，可是女孩頭上所戴的卻是一頂小巧精緻的廚師帽。

女孩又說：「我還以為都是因為我不是公主的關係呢，聽你這麼一解釋，我覺得心裡好過多了。」

原來，女孩一直不服氣，為什麼只有公主的吻才能夠解除魔法，把青蛙變回王

子？可是，現在看起來，不管是哪一個環節出了問題，總之，她想把青蛙變成王子的計畫是失敗了。

想到這裡，女孩不免抱怨道：「真是的，池塘裡的青蛙全都長得一個樣，怎麼看得出來哪一個是被魔法困住的王子嘛。」

青蛙怪說：「這個問題以後再說吧，我們現在得先來想想，接下來該怎麼辦？」

「什麼怎麼辦？」女孩一臉糊塗。

「妳不知道嗎？我們現在配對了啊，這是不能立刻解散的啊——」

「那要怎麼辦？」女孩急著問。

「我們得相處看看啊。」青蛙怪說：「既然妳把我變成一隻看起來有一點像王子的傢伙，我也只好把妳勉強就當成是公主，我們就相處看看吧，看看我們倆之間有沒有什麼相似點，要是真的找不到才能解散，否則妳會遭到天打雷劈的，因為妳把親吻當成是兒戲！」

女孩感到事態嚴重，不過她稍微想了一想，一個幫廚女和一個青蛙怪能有什麼相似之處呀，便很鎮定的說：「你住在池塘，我住在屋子裡；你沒頭髮，我有頭髮；你的皮膚是綠綠粗粗的，我的是白白嫩嫩的；你會游泳，我不會游泳，好了，我們之間毫無相似之處，再見！」

說完，女孩就想開溜。

「慢點，小心一點不會有害處，特別是到時候遭到雷劈的又不是我，」青蛙怪說：「剛才妳說妳是在廚房裡幫忙的？那我很會削胡蘿蔔，也很會切胡蘿蔔，妳呢？」

哎呀，女孩真不願意承認，這些都是她拿手的。

青蛙怪還在繼續說：「我很會煮羅宋湯，妳呢？」

女孩還是不肯承認，「我才不信呢，你得證明給我看。」

「沒問題呀，」青蛙怪斯斯文文、客客氣氣的說：「我們現在就去廚房吧。」

然而，稍後當他們來到廚房，當青蛙怪開始熟練的把胡蘿蔔又削又切的時候，女孩突然驚喜的發現——

「你也是用左手啊！」女孩高興的說。

「是啊，難道——妳也是？」

沒錯，女孩從小也是慣用左手。在整個皇宮裡，慣用左手的就只有她一個人而

已。

更何況，一個慣用左手的幫廚女，居然碰到一個慣用左手的青蛙怪，這個機率實在是太低啦！也就是說，這實在是太難得啦！

從此，幫廚女和青蛙怪就非常和諧的生活在一起，兩人很合得來。對幫廚女來說，青蛙怪就是她的青蛙王子，而對青蛙怪來說，幫廚女也就是他的公主。他們後來又逐漸發現不少彼此相似之處，不過他們最喜歡做的事，還是在一起煮一鍋美味的羅宋湯。

——原載二〇一一年八月三日《國語日報・兒童文藝》

—編委的話—

**王映之：**

廚房的幫傭也具備跟公主一樣解除魔咒的能力，可是她的神奇一吻搞錯了對象，吻到的是青蛙怪。沒想到青蛙怪和她之間有很多共同點，他們相處和諧，一場錯誤卻造就了一段美麗的戀情，多有趣！

**陳品臻：**

「青蛙王子」的結局是幸福美滿的，現實中真的有這麼美好嗎？故事巧妙安排了幫廚女與青蛙怪這有趣的組合，藉由相處，發現彼此共同之處，也包容彼此的與眾不同，於是外在的一切就不再重要了！與人相處，不也正是這個道理！

**傅林統：**

人們相處總是喜歡互相挑剔，為什麼不反過來尋找相似處，互相稱讚、互相尊重、互相包容？講道理沒意思，說故事皆歡喜！

# 鯨聲月光河

◎ 插畫／潔 子

## 王文華

**作者簡介**

一身兼具多重角色——是慈祥與霸氣的小學教師，
是Tina的睡前故事拔比，也是溫柔浪漫尚缺的老公。

在校，與孩子相互鬥智鬥法，在家，生產好講好聽好玩的故事。
著有《小女生everyday》、《美夢銀行》及【可能小學的愛臺灣任務】等書。

**童話觀**

快樂的時候，我讀義大利童話；難過的時候，我看安徒生的童話；
想不出來該做什麼的時候，我寫童話。

前言：二○一一，三月十一日，日本發生大地震，接著不久，又有一個大海嘯，造成日本東北重大損失。那天下午，我正在上體育課，而且在游泳池裡，於是，曾經歷過九二一的我，就在三一一這天，提筆寫了這個故事。

## 吵吵鬧鬧的游泳池

這是個平凡的一天。

平凡的晴朗高溫，平凡的白雲。哦，這一天，天上的雲平凡的像油彩，一朵一朵，排隊等候，準備散步越過天際。

雲朵下是平凡的大海國小。

大海國小離海稍遠，從教學大樓用望遠鏡看，可以看見海上的漁船，漁船前，海鷗在飛舞，鷗鷗鷗的叫——很平凡的那種。

這節要上游泳課，四年級的孩子換好衣服，開始吵架。

沒錯，四年級孩子愛吵架，從一年級吵到四年級，永遠吵不夠。

「我先來，這個水道是我的。」大頭說。

二毛不服氣：「我是一號，一號也要有自己的水道。」

兩個孩子就占掉一半的水道，只留下兩條水道給剩下的三十個人擠？

這實在不合理，女生也有話講：「男女平等，姐妹們，我們就在這兩條水道玩水吧！」

「那我們呢？」剩下的男生悲憤的丟出浮板。

哇，吵吵鬧鬧！浮板撞到二毛，二毛扔來蛙鞋，蛙鞋打到張小美，李小華想替她報仇，鞋子拋過去，這一拋拋到大頭，大頭很生氣，大大的頭像是坦克車，猛的衝過來，撞倒張小美、王小薇和徐佳佳，她們噗通噗通全都掉到泳池裡啦。

四年級的江老師知道消息，立刻趕過來。

「停停停，不要吵。」江老師的聲音大，這一吼，鎮得全班安安靜靜。

你看我，我看你，別班的孩子，這時會乖得像遇到獵人的兔子。

四年級這班不一樣。

大頭先告狀：「老師，是二毛啦，他一個人獨占一條水道。」

二毛指著他：「是你，你還把張小美她們推下水池。」

張小美長長的頭髮溼淋淋。

「是他，是他，還有他。」她的手指變成了名偵探，「是他們在吵架。」

大頭說：「人家又不是故意的。」

二毛說：「我也不是故意的呀。」

女生更生氣了：「難道我們是故意跌到水裡去的呀？」

這下不得了，三十二個孩子都在叫，有如三十二隻麻雀吵，吱吱喳喳、吱吱喳喳……江老師受不了啦，摀著耳朵，正想喊停，躲在地底的地牛沒手摀耳朵，它直接來一陣長長的顫抖。

「轟隆隆！轟隆隆！」地牛發抖，海鷗狂飛，三十二個孩子滿場尖叫。

「地震！」

「地震呀！」

從沒遇過這麼大的地震，教學大樓砰砰砰倒了，學校圍牆稀哩嘩啦垮了。

游泳池裡的池水先被震進地底，禮堂屋頂也想跳進游泳池，泳池邊的大樹講義氣，彎著腰，賣力的扛起屋頂。

吱吱吱，嘎嘎嘎，大樹扛得很吃力。

沒有人告訴過孩子：「游泳池裡遇到地震應該怎麼辦？」

這種事，從來沒有演習過。既然沒練過，大家當然都很慌，都不知道應該怎麼辦？

## 水裡也能吵

泳池現在變成海盜船，向左盪到屋頂高，向右落回深谷裡。

唉呀呀，該往哪裡逃？

江老師吹哨子：「嗶嗶嗶！」小朋友還沒游過來，一股望不到盡頭的海水，嘩啦啦從上方搶著來集合。

「海嘯？」

「天哪，是海嘯呀！」

「地震引起的海嘯？」

小小的泳池瞬間漲滿了水，孩子們想伸手抓住些什麼，但是，卻什麼也抓不到，王小薇碰到了大頭，大頭抓到了二毛，他們難得的不吵了，驚恐的彼此望了一眼，同學在哪兒呀？老師在哪兒呀？

他們呼吸很困難，在水裡憋著氣，不斷的拍水，想要往上游，只要游上去，只要上去，不斷的划呀，划呀，天昏地暗的，現在怎麼辦？分不清上下左右的世界，胸口那口氣，終於吐了出來。

一串泡泡，緩緩的往上飄。

海水，依然攔住他們。

划的力量越來越小，吸不到氣的痛苦……

而海水進到他們的嘴裡……

好不容易，再次睜開眼睛，迷迷糊糊，無法呼吸的水裡，卻覺得頭頂陽光燦爛。

美美的陽光裡，江老師正在水裡揮手喊著大家：「集合，快過來啦！」

江老師在水裡還能發號施令呢。

禮堂屋頂垮一半，陽光斜斜射下來。哇，白花花的陽光，亮晶晶的水底，這是水晶宮嗎？

三十二個孩子猶如小天使，雪白的身體，雪白的衣服，雪白的小手，奇怪真奇怪，大海國小什麼時候改成白色的運動服？

有那麼一刻三十二個孩子安靜的拍著水，沒人推擠沒人慌。水面上的藍天，分外明亮。

真的好亮，亮得就像要去遠足了。

一點兒也看不出來，剛剛大地震，地震完後還有大海嘯。

不過，安靜只維持了

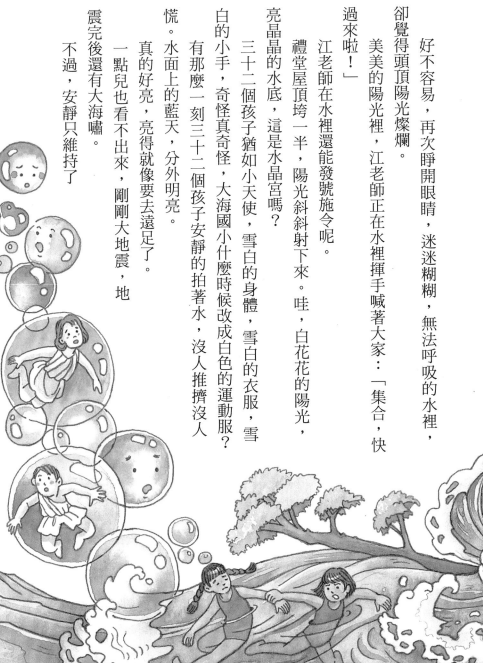

五秒鐘，四年級的孩子在水裡也能吵。

有人要先游上去。

有人還想在水裡多待一會兒。

有人不排隊。

這裡這麼美，有人……

水裡吵架很有趣，他們說出來的話都變成一顆顆的水泡泡。

只有剛打開的冰可樂，才有這麼多水泡泡，但是現在的游泳池裡，泡泡咕嚕咕嚕的往上冒；其實，從上一條人魚變成泡泡後，大海已經很久沒有這麼多泡泡了。

江老師的笑容消失了：「你們還不上來？」

「老師，都是男生啦……」女生說著說著，一串串泡泡往上跑。

「是女生在那邊無理取鬧啦！」男生喊著喊著，又一串串泡泡往上冒。

等呀等，等呀等，江老師笑不出來了。

烏雲遮住陽光，黑暗重回水底，最後一抹餘光下，老師的表情看起來好嚴肅，他身子一挺，向上游去。

小朋友也想跟著游進藍天。他們吐著泡泡，拉來扯去，吵得不可開交。

這麼吵，這麼鬧，連海神也受不了吧？

於是，有一道黑影竄過來，「唰」的一聲，分開他們與老師之間的距離。「潑啦潑啦！」眼尖的張小美發現：那道黑影是條大魚。

「鯊魚？」她嚇得喊救命，升起無數個泡泡。

大魚瞪了他們一眼：「我是大翅鯨，不是鯊魚。」

## 趕走妖怪鯨

「大翅鯨？」孩子們異口同聲：「一隻會說話的大翅鯨？」

大翅鯨幾乎塞滿游泳池，無法轉身，無法游動。

二毛好奇的問：「你……你是怎麼進來的？」

「誰知道啊？海神老爺要怎麼安排就怎麼安排，他吹口氣，我就來啦。」

這話聽起來無憂無慮的。大翅鯨困在這裡，好像也不急著出去。

張小美問：「你叫大翅鯨，難道拍拍翅膀就能脫離這個困境？」

大翅鯨眼裡有笑意：「孩子，你童話故事看太多了吧？」

「奇幻故事的動物也會說話呀！」大頭說。
張小美膽子小：「奇幻？那……牠會不會是妖怪？」
大頭安慰她：「沒關係，我唱讚美上帝的歌，上帝能打敗惡魔。」
二毛反駁：「誰說牠是基督徒？說不定牠信佛教。」
徐佳佳提議：「我們念阿彌陀佛，也念聖母瑪利亞，不管牠是哪一國的妖怪，都會嚇回家裡去。」
三十二個孩子真的開始祈禱：
「阿彌陀佛，善哉善哉！」
「讚美主耶穌，你是一切的善。」
「阿拉，請你把眼前的魔鬼趕走吧！」
大翅鯨沒被嚇跑，牠先被氣飽，憤怒的大吼：「我、不、是、妖、怪！」
既然妖怪鯨還沒消失，他們的咒語愈念愈快：
「主耶穌，你是媽祖婆婆的善。」
「讚美阿拉，善哉善哉。」
「阿彌陀佛，跟著摩西分開紅海！」

大翅鯨氣死了，乾脆閉起眼睛，什麼也不想理。

大水慢慢的消退，本來跟禮堂同高，現在水位降了不少。

「阿彌陀佛」念到一半，李小華突然發現：「天哪，牠看起來……是不是快掛了？」

她說得沒錯，水位快退到大翅鯨的魚鰭下了。大翅鯨皮膚乾乾的，呼嚕嚕的呼吸著。她忘了在哪裡讀過：「鯨魚長期暴露在空氣中，會脫水。」

大頭指揮大家：「快去找水來，潑在牠身上。」

「拿毛巾不可以嗎？」有人說：「比較有保溼效果。」

還有人提議：「我覺得找路出去比較重要。」

「要不要先開個會呀？如果……」

「但是……」

三十二個孩子很認真的討論來、討論去。

他們的聲浪很大，吵得禮堂天花板「砰」的一聲，又垮了一半。

原來人家說「吵得把天花板掀了」，就是這麼回事。

而那隻看起來奄奄一息的大翅鯨，竟然用力衝向禮堂。

牠想自殺嗎？

牠想逃走嗎？

「我受不了啦！」大翅鯨喊了這麼一句：「這裡太吵了！」

這隻受不了吵鬧的大翅鯨，在三十二個眼睛睜得老大、嘴巴撐得好圓的孩子面前，用力衝向那道搖搖欲墜的圍牆。

「小心！」

「你不要急嘛！」

「我們會安靜！」

「啊……」

圍牆像骨牌一樣，慢

慢的垮了，露出一個好大好大的洞。

破洞外，是條被海嘯衝出來的大河。

「我要回家！」大翅鯨氣呼呼的說：「海底最安靜。」

「那我們也跟你回家！」

大翅鯨想反對，三十二個孩子已經爬上牠的背。

騎鯨出遊，比遠足還讓人興奮！

何況那時天色已暗，

四周的原野因為地震停電，見不到一絲人造的光亮。

## 跟著鯨魚回家

月亮出現在東方。糖霜似的月光，撒在海嘯走過的大地上，屋子、橋梁、道路全都不見了，廣闊的大地，只留下一窪窪的水塘，每個水塘都映著一個小小的月亮。

這條大河，泛著銀光，安安靜靜、彎彎曲曲的伸向前方，簡直是條月光河。

三十二個孩子，難得的閉上了嘴巴。

他們靜靜的看著這片月光下的大地。

「還是外頭好，又美又安靜。」大翅鯨享受著內心的安靜，決定好好跟孩子講講神奇海洋的故事。

「大海是我的家，海底有最美麗的珊瑚……」

牠才剛講一句，就聽到一陣哭泣的聲音。

是張小美。她是個膽子小、又會想家的孩子，鯨魚才講起牠的家……

「人家要回家啦！」

哭，會傳染。鯨背上的孩子都想起了家；今天的大地震，家裡有沒有怎麼樣？

性急的孩子站在鯨背上，踮起腳尖。

月光下，大地除了水窪，什麼也看不見。

「我們的家不見了！」

「我找不到我媽媽。」

「看見月光，我想要回家。」

原來，明月光不止讓李白想起家，對四年級的孩子來說也一樣。

一個孩子哭了，兩個孩子哭了，所有的孩子都哭了……

「我說娃兒，別哭哇，我說娃兒，你們別哭哇！」大翅鯨不太會安慰小孩，牠翻來覆去就這麼一句：

「我說娃兒哇，別哭，我說娃兒，喓，別哭哇！」

大翅鯨的聲音很柔和，很悠遠。雖然只有一句，聽起來卻像古老的催眠曲。

我說娃兒哇，別哭，我說娃兒，別哭哇！

我說娃兒哇，別哭，我說娃兒，別哭哇！

三十二個孩子，哭了一陣，他們想回家，卻找不到家，家裡的人呢？難道也都坐著鯨魚回家了嗎？

三十二個孩子，哭哇哭哇，哭累了，坐在鯨魚背上。朦朦朧朧，身子好輕，迷迷糊糊，煩惱消失，整個人像是羽毛一樣輕，有往上飄的感覺……

天使還是精靈幫的忙？

躲在殘缺家園的人們，都聽見大河邊的聲音。

嗯哆娃兒哇，別哭，嗯哆娃兒，別哭哇！

嗯哆娃兒哇，別哭，嗯哆娃兒，別哭哇！

那是什麼聲音？悠遠而古老，讓人平靜起來。

人們走出躲藏的地方，張大著眼，努力想要看清是什麼在唱歌。

有經驗的老漁夫說：「那是鯨魚在唱歌，能聽見月光裡的鯨魚歌聲，是幸福的事。」

「我們家的孩子呢？」

「有人看見我們家的孩子嗎？」

他們彼此牽著手，在大海國小四周尋找孩子們的下落，然而，教學大樓倒了，游泳池裡塞滿了垃圾，孩子們到底躲在哪裡？

## 地震走了，海嘯遠了。

一架電視臺直升機，發現河裡的大翅鯨。

那時，大翅鯨已經快游進海裡了。

緊急轉播的畫面，召喚出更多的直升機、快艇和水上摩托車。

這些交通工具帶來更多記者與攝影機。

記者口氣激動：「奇蹟呀！一隻被海嘯帶入陸地的鯨魚，今晚乘著月色、唱著歌，要回大海去了。」

專門研究鯨魚的專家，在電視上比手畫腳：「一般來講，鯨魚擱淺如果沒有馬上潑水，很可能脫水而亡……」

記者追問：「那，是誰幫鯨魚的忙，又替牠潑水，又帶牠回到水道？」

專家搔搔頭：「這……這……」他一時語塞。

對呀，是誰救了大翅鯨呢？總不能說是小天使幫的忙吧？

記者們沒看見，電視前觀眾沒看見，急著找孩子的父母們也沒人看見：

月亮後面，三十二個白衣小天使正在往上飛。他們吱吱喳喳，好像在吵架，其實是在討論。

最前面的天使頭很大：「我們死了？」

頭上有兩根毛的天使搖搖頭：「錯了，我們將永遠的活著。」

「那我們到底是精靈、還是天使？」

有的說是精靈，他們喜歡當精靈。

有的說是天使，天使才能在天上飛。

「說不定我們是鬼呢。」大頭突然想到，「人死了，也有可能是鬼呀！」

「我怕鬼。」張小美快哭了，「人家不要變成鬼。」

「別怕別怕，如果妳變成鬼，也是最美的小鬼。」其他同學安慰她。

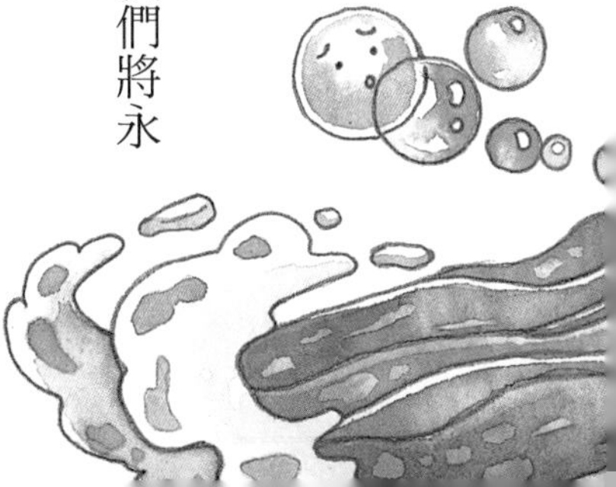

「真的嗎？」她問。

「是呀是呀！」

「妳如果是鬼，幹嘛怕鬼？妳如果不是鬼，那世界上就沒有鬼了呀。」

張小美邊飛邊想，畢竟這句話太難懂了，其他的三十一個孩子吱吱喳喳，討論不休。

在月亮的上頭，一個胸前帶著哨子的神仙也在煩惱：「到底該不該吹哨子？變成天使的老師，可不可以重新選班級？他想帶一班安靜點的小鬼行不行？」

——原載二〇一一年八月《未來少年》第八期

編委的話

**王映之：**

海嘯把大翅鯨帶上了游泳池，孩子們當起天使幫著潑水，但大翅鯨竟然受不了吵，決定游回安靜的大海。然而騎在大翅鯨背上的三十二個孩子，仍吱吱喳喳地吵個不停。唉！誰能管得住他們呢？有趣又有啟示。

**陳品臻：**

小朋友就是愛吵，緊要關頭還不忘記「吵」！就這樣，一直吵吵吵……吵到飛上天，成了天使，幫了鯨魚的忙，使鯨魚歌唱，鼓舞信心！不過，這群吵鬧的天使，到了天上還是吵吵吵……你認為他們怎樣呢？

**傅林統：**

地震、海嘯，引起一陣慌亂，卻也帶來驚奇，大翅鯨衝進游泳池，帶著三十二個小孩出海遠足。想家？想月光河？是天使？是精靈？奇特的想像加上美妙的氛圍，多麼引人入勝！

# 深夜裡的琴聲

◎ 插畫／劉彤渲

## 黃基博

**作者簡介**

民國四十三年屏師畢業，在小學教書到九十年退休。

業餘從事兒童文學寫作，著有《林秀珍的心》等四十六本。
現仍繼續寫童話、童詩、散文、劇本、母語童謠……等。

**童話觀**

「童話」是一個純真、善良、美麗的「小女孩」。
她是喜歡「美術姊姊」和喜歡「塑像哥哥」的妹妹；她是富有甜美的「感情媽媽」和富於神奇的「幻想爸爸」的女兒；她是品德高尚的「道德祖父」和具有修養的「文學祖母」的孫女；她是愛談「故事外祖母」和愛講笑話的「趣味外祖父」的外孫女。

## 1.

在柔和的燈光下，一個小女孩在客廳裡彈鋼琴，琴音從她的手指間流瀉出來，很優美很好聽。

小女孩彈完了〈花之歌〉，身體感到有點疲倦，看看手錶，十一點了，夜已深了。

她站起來，把燈熄滅了，卻忘了把琴蓋蓋上，就回到臥室去睡覺。

一會兒，小女孩就走進了甜美的夢鄉。

這時，皎潔的月光照在鋼琴上。鋼琴沒人彈，自己卻「叮咚叮咚」的響了起來。

小女孩家的後院有一棵茂密的龍眼樹，樹枝上停著一隻貓頭鷹，每夜都要欣賞小女孩的優美琴聲。

可是，牠想：「小女孩不是已經彈過琴，在臥房甜甜的睡著了嗎？現在這個時候，怎麼又有人在彈琴呢？那琴聲像一首古怪的歌，又有些異樣。是哪個人在深夜裡彈奏呢？」

貓頭鷹好奇的飛到窗口，鍵盤上立即投下了一片黑影子。

琴音一下子停下來，貓頭鷹歪斜著頭，看看鋼琴椅上，並沒有人坐在那兒。

「奇怪！剛才是誰在彈琴呢？」

貓頭鷹找不到答案，沒趣的飛走了。

## 2.

琴音再度叮咚叮咚的響起來。

小女孩在夢中隱約的聽見了鋼琴聲，醒過來了。

她想著：「在這樣深的夜裡，是誰在練琴？聽那琴聲，肯定是一個不曾學過鋼琴的人彈的啊！誰會跑到我家裡來彈琴呢？」

於是她披衣起床，走進鋼琴室。

琴音戛然停止。

月光依然照在鍵盤上，但是鋼琴前並沒有人坐在那裡。

小女孩感到十分納悶：「為什麼鋼琴會自動彈奏呢？」

她呆立了半晌，又進房睡了。

## 3.

琴音第三度響起。

貓頭鷹和小女孩又聽到了。

貓頭鷹這次輕盈的飛到窗口邊，沒發出一點聲響，鍵盤上也沒有牠的投影。牠驚奇的瞪大眼睛，歪斜著頭看見盤上有小東西在彈琴。

小女孩這回躡手躡腳的走進了鋼琴室，站在門邊看。她也感到非常驚異，不敢相信眼前所看到的景象。

小女孩養的大花貓在隔壁的客廳安睡，牠聽到了鋼琴的聲音，也醒了。牠以為小女孩還在練琴呢！

往日，牠最喜歡坐在小女孩的身旁，乖乖的聽琴音，每當小女孩彈完了一首曲子，總會溫柔的撫摸牠，對牠說：「我再彈一首給你聽吧！」

牠好想再到小女孩的身邊接受愛撫。牠便伸伸懶腰，安詳的走了進去。

小女孩感覺到了，立刻蹲下去把牠抱到懷裡，低聲的在牠的耳旁說：「不要驚擾牠們，知道嗎？牠們是一對可愛的小老鼠，會彈鋼琴哩！」

大花貓善解人意，溫順的依偎在小女孩的胸懷裡，睜大圓溜溜的眼睛，看兩隻小老鼠手牽著手在琴鍵上來回的跳動。

大花貓豎起耳朵聽小老鼠彈琴。

琴鍵隨著牠們的舞步，發出凌亂的聲音，好像一首古里古怪的歌。

可是在兩隻小老鼠聽來，可能比世界名曲還好聽吧！

兩隻小老鼠越彈越有勁兒，好像很陶醉，忘了自我。

大花貓越聽越高興，無意中讚美一句：「妙！」

兩隻小老鼠聽到貓的可怕叫聲，毛骨悚然，嚇得從鍵盤上摔落下來。

## 4.

大花貓要跳下小女孩的胸懷，想撲過去抓老鼠時，被小女孩阻止了。

小女孩放下大花貓，把兩隻小老鼠抓起來放在鋼琴椅子上，友善的微微笑，說：「不要怕！我不會傷害你們。」

老鼠哥哥說：「小女孩，請原諒我們兄妹在半夜練琴，吵擾你的睡眠。」

小女孩說：「可愛的老鼠，我不怪你們！」

老鼠妹妹說：「小女孩，我們的琴聲亂七八糟，五音不全，不好聽呢！」

小女孩說：「不！不會呀！」

老鼠哥哥說：「小女孩，今天是你的生日。你的爸媽都遠在國外，沒有人為你慶祝，你一定很寂寞吧？」

小女孩感到納悶：「你怎麼知道呢？」

老鼠哥哥說：「請你原諒，我和妹妹偷看了你的日記。」

小女孩說：「沒關係！今天我確實有些寂寞哩！」

老鼠哥哥感性的說：「我和妹妹住在你家，也可以算是你的家人，我們要為你慶祝一番哪！」

老鼠妹妹也柔聲的說：「我們是想趁你熟睡時，練好了〈生日快樂〉歌，才

叫醒你，彈給你聽，祝福你。」

「可是，」老鼠哥哥插嘴說，「我們笨手笨腳，始終練不成，小女孩，你不要笑我們，好嗎？」

小女孩無限快樂、無限柔情的說：「小老鼠，你們是一對窩心的小老鼠，我喜歡你們，說真的，你們剛才的琴音，我從沒聽過，很好聽哩！謝謝你們，這是你們送給我的最佳生日禮物哇！」

5.

「小女孩，我也祝你生日快樂！」

小女孩嚇了一跳！是誰在跟她說話？她轉頭向窗口一看，是貓頭鷹耶！牠向小女孩點了點頭。

小女孩趕快請貓頭鷹進來。

大花貓「喵喵」叫了兩聲，希望小女孩不要忘了牠的存在。牠說：「小女孩，喔！不！我的小主人，祝你生日快樂，天天美麗！」

「謝謝你！大花貓。」小女孩很開心的說，「冰箱裡有同學送我的生日蛋糕，我去拿給你們吃。」

「好耶！我最喜歡吃蛋糕了！」大花貓跳上又跳下，好像在跳舞，逗得小老鼠和貓頭鷹笑哈哈。

小女孩端出蛋糕來，切了五份，分給大家吃，邊吃邊說笑，快樂的度過了生日的最後一刻——十二點。

「再見！小女孩。晚安！」貓頭鷹和小老鼠向小女孩告別。

大花貓再跳上小女孩的懷抱裡，溫存一會兒，才到客廳去睡。

小女孩走到窗口，月亮在向她微笑，小星星也向她眨眨眼睛，好像也在祝她生日快樂。

深夜裡的琴聲靜止了。小

女孩回臥室去，繼續完成甜美的夢。

——原載二〇一一年十二月十九～二十日《國語日報・兒童文藝》

—編委的話—

**王映之：**

把這個世界理想化了的童話。人與人、動物與動物，如果彼此關愛，不相互傷害，真正的世界和平就來到了，或許那就是「天堂」吧。

**陳品臻：**

人人喊打的老鼠可愛起來了，老鼠的天敵——貓，不但不捉老鼠，還跟牠做起朋友了，世界如果這麼可愛該多好！

**傅林統：**

濃濃的深情、沁人心脾的溫柔，超越了物種對立的論理，呈現眾生平等的理念，使這帶著幾分神祕感的唯美主義故事，散發令人著迷的氛圍。

# 臺灣童話質變的觀察

◎傅林統

九歌童話選主編三年，懷著大視野的心胸，在寬廣的童話花園徜徉，那滿心的喜悅，何等珍貴！童話選自徐錦成教授創始以來進入第九年，累積了豐富的經驗，且欣逢建國百年，回顧與前瞻，意義深長。

所謂大視野，包括空間和時間的觀察，遍訪本土童話花園之餘，更一一理解朵朵花卉怎樣隨著時尚展現他們千姿百態的容貌？本質上有何變遷？表現技巧有何創新？作者與讀者有何靈犀相通？

## 一、童話的變遷

兒童文學的類型當中，再也沒有比「童話」，在定義和範疇上，顯得那麼複雜而難以捉摸了。隨著兒童觀的演進，兒童文學緊跟著欣欣向榮，是每個國家共同的景象，然而當中的童話，在演化的過程，卻不斷發生「質變」的現象。有目共睹的奇幻、科幻，再加上傳統、本土、外來等等許許多多的觀點、思維，不斷的衝擊著「童話」，使得本來就語義模糊的童話，更加撲朔迷離。

如今對童話「質變」的現象，加以觀察、思考，洞燭它的走向，已是關心兒童文學的人，必須認真面對的問題了。

「童話」，一般人的認知是以較低年齡的兒童為閱讀對象而想像豐富的文學作品。大家都知道東方的「童話」一詞，後來融入西洋 marchen，以及格林、安徒生的影響，於是童話的概念成為：「詩人的幻想創造的故事，尤其是精靈世界的、不受現實拘束的、令人驚奇的故事，不論男女老幼，雖明知其為虛構幻想，卻不禁會喜歡上的故事」。

這是童話的傳統概念，換句話說是把童話當作「遊戲性」的故事，是任何年齡、任何階級、任何行業的人都可以享受的，優遊於幻想世界的故事。

一直到現在，童話的演變基本上並沒有離開這樣的概念，只是很多場合卻可以清楚的發現它的性質不斷的改變。

近代童話最明顯的質變是：排除道德的、倫理的意味，而走無意義、非寓意，只要小小搞笑的，所謂 nonsens 的傾向。

這樣的作家，以為捕捉了童話的精髓，是進步的、顛覆的、創意的路線。其實這只能算是重視童話的娛樂性而已，失去的是更重要的童話的生命。或許從娛樂性導入感性、感化，也不是不可能，但截至目前，這樣的作品能展現大格局的理想、含蘊宇宙的、生命的奧祕的，卻是鳳毛麟角。

童話的寫作，如果把指標放在小搞笑，可能就有其格局上的限界，難以邁入遠大的、更高境界的地步。或許有的作家低估了兒童，以為他們只能理解「小搞笑程度」的故事，那是忽略了讀者的潛能，至為可惜！

或許是一種反彈吧，膚淺的勸善懲惡和小小搞笑之後，抬頭的是理想主義傾向的童話。浪漫情懷的作家，在兒童的真實生活裡尋找題材，然後憑著他詩情畫意的筆調，創造感性十足的故事，使幻想、夢想、憧憬、驚嘆的氣息飄盪作品中。

在那奔放的想像世界，創意、神祕、魔幻，成為童話的氛圍，而真善美是它追求的理想境界。這樣的浪漫，雖然取材於現實，走的卻是主觀的意念，如果以真正的「童心」來比對，未嘗不能說它是「失據」的一廂情願的作者的獨白。如果說那是個人風格濃厚的作品，未免輕忽了文學崇高的價值，回歸藝術，重視文學性，是娛樂搞笑瘋過了頭的省思。

## 二、質變的觀察

臺灣的童話，質變的腳步從經歷外來文化影響甚少的「本土民間故事期」之後，是以歐風西雨的格林、安徒生、卡洛爾等為模仿對象的「經典仿效期」，凡是民間故事，莫不以格林兄弟既保存風土氣息又著重文學性的敘述法為取向，而創作童話莫不醉心於安徒生的藝術韻味，奇幻故事莫不帶著愛麗絲如夢如幻的氛圍。李莉安・史密斯說，經典是「試金石」，好的作品應該具有那種氣質。

經典仿效期之後，「童心期」來到，童心被視為童話神聖的元素，童話是歸屬赤子之心的純淨的文學。兒童文化受重視固然是好事，可是童話作家競相取悅兒童，遊戲精神、娛樂傾向成為童話的主流，只要兒童喜歡，哪在乎是無厘頭、搞笑、起鬨、戲謔！

同時期，處在科技日新月異的人們，無不專注於啟發兒童創新的點子和思維。於是顛覆傳統，走出新境地的呼聲，也在童話的創作呈現。不過顛覆應以前瞻為前提。於是放眼未來、幻想未來，順理成章在童話創作的理念占有一席之地。

其實整個童話的質變，並沒有明確的階段，百花齊放、形形色色、競相爭豔、各展所長、各取所需才是現實的景象。然而繽紛熱鬧的童話園地，隱隱約約形成一種趨向，那就是揉合各種元素和姿態，塑造綜合型的新童話。

這種童話，把娛樂和教育、宏觀和微觀、奇幻和現實，結合成十分耐味的，可供不同年齡讀者共賞。今年，童話選就以這樣的「大視野」尋尋覓覓，去發現值得代表目前這個時代的作品。

綜觀近年的臺灣童話，雖然處處感受質變的氛圍，但不管技巧怎樣求變，主題怎樣取向，卻有一不變的「軸心」，那就是更高超、更深長的內涵。這是值得深受肯定的特質，縱然有知識的傳達，也是頗含思想和哲學意味的啟發。

## 三、質變的展望

站在前述質變的頂峰，我們清晰的發現，童話是作者抒發新的創作能量的表現，是童話所以能在感動之外更具有前瞻性的泉源，值得珍惜！

現代的臺灣童話，在質變上似乎分成雙道並駕齊驅，一是逐漸回歸童話原始面貌的趨向，也就是「教育取向」，另一路線是走在新思維而顛覆傳統的「文學創意」。

「教育取向的童話」由「橋樑書」擔綱，而宗教性質的刊物也明顯走教育路線。橋樑書最基本的目標是做為圖畫與文字閱讀之間的橋樑，但連帶的更揭櫫智能教育的內涵，以及閱讀的延伸，達到「教育」的目的。

在時間上來說，童話的想像要往未來發展，在空間上來說，童話的題材要往整個宇宙發展。可是童話，是給零歲到八十八歲，未失赤子之心的「老少兒童」閱讀的，因此純真的童心和稚氣，還有象徵人類本性的良善，在任何時代、任何質變的情況之下，都不能泯滅的。

童話質變的腳步是緩慢而不明顯的，只有在長期的、普遍的深入觀察才會有所發現。因為任何時期呈現我們眼前的都是「過渡時期」，各種風格雜然並存。

如（1）純真的感性、（2）智慧的啟發、（3）奇幻的意境、（4）不可思議的顛覆、（5）混搭風格的驚奇等等，形形色色的作品熱鬧著我們的童話花園，我們謹慎精選的童話，都可以歸類於上列五項當中。

童話是屬於所有童心滿盈的人們所擁有的文學，現代人多元的、多變的、數位化的、瞻望未來的思維和科技，對童話的性質的確產生微妙的影響。可是從宏觀的立場看，童話在變化多端中，卻有它不變的實質——人性的真實、宇宙的真理，使得童話在兒童文學的範疇始終保持聳然屹立的地位。

無論如何童話所以能具有永恆的價值，是在它的文學性，是契入人性與童心的感動，就像李莉安・史密斯說的：「我的書和我的心，不會各自分離。」那才是我們該追求的童話本質。

## 四、長壽童話的思維

在百花齊放的絢麗花海裡，九歌童話選一直標榜「零歲到八十八歲的童話」，林哲璋說這種童話是「長壽童話」，它的涵義和技巧永遠令人又關心又好奇。哲璋是目前最用心致力於長壽童話創作的作家，〈猜臉島歷險記〉便是其中佼佼者，它以「特殊的論理」引人注目，是訴之於思考而不是訴之於感性的，很不一樣的童話。

讀者擁有的普通常識的論理，碰上了奇異得離了譜的論理時，會陷入混亂迷惑，以哲璋的話來說：「如果沒有多一點耐性思考，少一點衝動躁進」，是無法接受這樣的童話的，換句話說閱讀〈猜臉島歷險記〉這類需要腦筋急轉彎的童話，不可漫不經心隨便讀一讀，不然讀後只會有一些雜亂的、模糊的印象而已。

〈猜臉島歷險記〉是企圖給不同年齡的人讀起來都會有所「領悟」，也會感覺回味無窮的童話。可是從極度顛覆反轉的構成來說，純真的兒童怎知笑裡藏刀、是非倒置？怎能體會知人知面不知心？不覺迷惑才怪！也就是說從兒童的觀點來說，這樣的童話是備受考驗的。

「長壽童話」要如何突破年齡的階段，真正的「老少咸宜」呢？美國評論家路易士・曼弗特說：「語言是為兒童而說的，涵義是為大人而設的。」也就是故事裡要出現很多滑稽的、幽默的、神祕的、誇張的、好笑的，奇怪——奇怪，愈來愈奇怪的感覺那種語言，但內涵卻要有將讀者的心一步一步吸進去的不同層次的深度，不僅有豐富的人生經驗，而且對人性更要有深刻的理解，把自己的哲學投射在故事上面。

長壽童話，要適應兒童，並不只在語言的淺白、幽默，更重要的是故事的構成，是不是對兒童具有相當的魅力？想像和驚奇是否符合兒童心理？人物的塑造是否有趣？彼此的關係是否引人注目？懸宕是否逐漸推向高潮？而真正成功的核心在於是否有創新的想像，深刻的啟示，把深藏人類內心那更深一層的哲理，從兒童心中喚起？

〈猜臉島歷險記〉明確的透露了一種真實，你說你內心如何如何，但旁人所看的是你外表的喜怒哀樂，如今作者將它反轉了，意義何在？耐人尋味！在這篇童話我們也可以摘出一些可能成為人人樂道的語錄如：「笑著生氣，哭著歡喜」、「表情、心情，是用臉猜的嗎？」、「豬頭變成了馬面配牛頭」、「多一點耐性思考，少一點衝動躁進」等等。

今年的九歌童話獎，意在適應新世代不僅追求卓越，甚至企求超越、顛覆的風潮，而對林哲璋的長壽童話表示肯定和敬意。因為這種文學創作是從作者深藏的睿智醞釀而成的，不但能永續生存，更是領先時代的前瞻性文學藝術，唯有相當才氣的作家才可以達成的，是高難度的文學領域。

我們虔誠的給所有願意走在這條嚴峻道路上的作家，獻上最高的敬意和熱情的鼓舞，因為新的時代翹企的正是這樣的童話。

## 五、感恩

「向千百位老師學習！」，是主編九歌童話選三年來的心路歷程，滿懷感恩！才華洋溢，使出千變萬化、神乎其技的手法，創作傑出童話的許許多多作者，您是我三年間專修童話課程的導師。經營璀璨的童話園地，源源不絕的讓多采多姿的花卉盡情盛開，編輯者的智慧和辛勞，使我每讀一篇展現在設計新穎的版面時，都想要歡呼讚嘆呢！

三年來六位小主編，蔡秉軒、陳立慈、蕭楚恒、鄭欣玉、王映之、陳品臻，還有秉軒的媽媽王素貞老師、作文指導林春心老師，立慈的導師陳慧滿老師，品臻、映之的導師林書瑋老師，為童話選付出的心力、智慧，尤其是熱誠和盎然的興致，使我既敬佩又感激，永遠難忘！

九歌陳素芳總編的完全信任和方向的掌握，鍾欣純編輯的專業和專注，都是使我感受從事童話選竟然如此愉快的緣由。

三年歲月浸潤童話，深感童話的魅力深深侵入我內心，童話有的是無限寬闊的天空，人生煩憂痛苦童話是逃避的小屋，人心貪得無饜童話是滿足的金屋，人性好高騖遠童話是摘星的美夢，人世紛擾難安童話是幸福的淨土。

我今年七九，八十在望，深感愈老童心愈醇，夢境愈玄妙，另一雙眼睛更明亮，另一雙耳朵更聰穎，於是品賞和創作童話的興致愈高昂，感恩！這都是從事童話選的所得，以及千百位作家、編輯者，還有幫助編選的朋友們所賜，銘刻心版，永難忘懷！

# 擁抱童話世界這個幸福城堡

◎王映之

我從很小很小的時候就和書本做朋友，雖然我那時候一個字也不認識，但我卻是透過「聽書」的方式和書本成為好朋友的。小時候，媽媽每天都會講故事給我聽，剛開始媽媽可以憑著她的記憶說故事，但是隨著我的要求越來越高，必須要聽各種不同的故事才會覺得滿足，逼得快要「黔驢技窮」的媽媽買了一套「世界兒童精選圖畫書」，每天念一段故事給我聽，從此我就和書本結下了「不解之緣」。看到這些書時，我的內心就充滿著期待和喜悅，因為我知道每當媽媽拿起書本時，就是我的快樂時光。而在童話世界裡所接受到的童趣，一直讓我感覺到一種無比的幸福和快樂。

童話世界應該是每一位小朋友的幸福城堡，但隨著漸漸長大，我們都不知不覺地遠離了這座城堡。當我接到了童話選小主編這個任務時，才驚覺自己好像也離開這座幸福城堡好一陣子了。我要藉著這個機會，再回去享受一下童話世界的快樂時光。

我喜歡跟隨一篇篇童話故事去遨遊，它會帶著都市裡的孩子去拜訪嚮往已久的田野山林，也會帶領鄉村的孩子，體會都市叢林熱鬧的氣息。讓我們好像身歷其境的去認識那兒的生態景色，作者也會「不經意地」讓我們看到人們是怎麼樣自然而然的表現高貴的情操，或「不經意地」在破壞大自然。

我也喜歡作者用豐富的想像力來顛覆我們某些根深蒂固的認知，這很能激發出我們豐富的想像力。例如像「迷你豬傳奇」這樣的故事，作者用顛覆式的考證：「豬——不肥，狗肥」，來告訴我們遠古時候的豬其實是纖細的，直到被人類豢養之後，才逐漸變成今天這副模樣。我有點被說服，原始的豬應該是纖細的。而作者在故事的背後，其實是想提醒小朋友們——好吃懶做的後果喲！

童話故事也會帶領我們進入奇幻的「第二世界」，這裡其實是在反映一切事物的真面目，也能啟發我們超越現實，發揮極度的創意和奇想，使我們的科學真理能進一步窺探更深邃、更奧祕的境界。

童話故事有時也像一面鏡子，它讓我們從故事裡的人物看到了真實世界中的自己。隨著年齡的增長，會發現生活在這個凡事「愛比較」的社會氛圍裡，有些天真無邪的孩子，也會慢慢失去原有的純真和善良，取而代之的無奈和嫉妒往往會幻化成一種憤怒或暴力，甚至演變成令大家束手無策的校園霸凌。我們很需要一些發人深省的童話，期待它用說故事的方式，引導孩子們回到幸福的城堡，找回我們天真、善良的「本來面目」。

我閉上眼睛，開始期待一個嶄新的童話之旅，而且我心中已有一把尺，會在多采多姿的旅程上，把我喜歡的、賞識的、能讓我們共築幸福城堡的童話評選出來，大家一起快樂閱讀。

—小主編的話—

# 我的童話觀

◎陳品臻

有人說：「只要給孩子一屋子書，他就一輩子不窮。」

童書的世界豐富瑰麗，千姿百態，變化無窮，魅力十足，不僅能使我們獲得人生寶貴的經驗，啟發巧思和智慧，更能讓我們自然而然地學會分辨是非、善惡、道德和正義。

而童話就是童書的主體，是彩繪童年，讓歲月洋溢快樂和歡笑的故事書。它有時甘美、有時酸甜、有時苦澀，有時樂不可支、有時滿臉淚痕，是童年不可或缺的調味料和心靈糧食呢！

閱讀童話，彷彿化身為故事中的主角，伴隨著劇情的高低起伏，時而歡樂，時而悲傷。我們的生活範疇看似狹窄，可是在童話裡卻可以一口氣超越那範圍，像長了翅膀一般，飛進過去所看不到的境地裡去，那是多麼令人嚮往的閱讀！不過先決條件是要有緊緊吸引童心的作品。

以下是我認為優良的童話應具備的要件：

## 一、豐富的創意

故事若少了創意，就像世界沒有生命，哪會有活力和品味呢！豐富的創意，能為故事增加許多不同的效果，有時讓人捧腹大笑；有時讓人連聲讚嘆；有時讓人智慧門開。尤其是利用反轉、顛覆、搞笑的功夫，更能讓故事增添無限的趣味。

## 二、天馬行空的想像力

想像力能為故事增添豐富的色彩，也能讓我們有全新的領悟，若能創造出乎意料的想像，就能緊緊吸引我們兒童的興趣，我們先天具備接觸幻想世界的「第六感」，能讓我們翱翔在那兒的童話，是給我們的最佳禮物。

## 三、優美的詞藻

好的童話除了需要深刻的內容外，也需要優美的詞藻。貼切的修辭不僅能讓讀者理解涵義，身歷其境，而且也讓讀者陶醉在豐盛的文學饗宴。

## 四、順暢的內容

故事的內容要能把握精髓，充分表達重點，不要拖泥帶水，使讀者們不耐煩。另外，具有完整的故事性、撼動讀者的戲劇效果，以及巧妙合理的結局，這樣不但能使故事順暢發展，也能讓人回味無窮，永難忘懷。

## 五、教育性的內涵

童話的內容最好具有教育的意義，當然，這必須是故事引伸的啟發，而不是嘮嘮叨叨的訓話，這樣才能讓讀者們有所領悟，並且樂意接受。

童話的世界充滿幻想的色彩，是天真無邪的，沒有現實世界的複雜和憂慮，來吧！跟我一起，接受童話的洗禮，來一場探訪童話花園的美妙之旅！

# 一百年度童話紀事

◎邱各容

## 一月

・二日，國語日報「悅讀童書歡喜一百特刊」經典篇推薦《遙遠的野玫瑰村》、《柳林中的風聲》、《快樂王子》、《會跳舞的熊》等數本童話書。

・八日，《中國時報》開卷周報於中國時報大樓舉行「二〇一〇開卷好書獎」頒獎典禮，共有「十大好書・中文創作類」、「十大好書・翻譯類」、「美好生活書獎」、「最佳童書」與「最佳青少年圖書」五類三十七本書得獎。「最佳童書」最佳童書有《文字工廠》、《安的種子》、《奇妙的花園》、《家門外的自然課》以及童話《狐狸的錢袋》、《熊和山貓》等。最佳青少年圖書有《一次看懂自然科學》、《布魯克林有棵樹》、《我是如此愛慕你》、《森林報（春、夏、秋、冬）》、《愛哭鬼小隼》等。

・十五日起至三月五日，毛毛蟲兒童哲學基金會舉辦「繪本饗宴part 6」系列課程，邀請陳致元主講「繪本中的寡言與多言」、邱承宗主講「生態繪畫與攝影」、哲也主講「說談童話」、鄭明進主講「溫柔筆觸下的童心」、龐雅文主講「繪本製作的奧祕」、許增巧主講「拼貼繽紛童心」，分享繪本創作與賞析。

・二十三日，國語日報「兒童文學」版刊載第九屆國語日報兒童文學牧笛獎・童話創作座談會，由總編輯馮季眉主持，歷屆牧笛獎得主王淑芬、林世仁、王文華分享交流創作心得，提供有志參賽者的思考與建議。

## 二月

・三日至二月二十日，由國立臺灣美術館、旺旺中時集團主辦，合作金庫銀行贊助的「童話大師——安徒生世界特展」，於國立臺灣美術館展出。展出內容包含安徒生的手稿真蹟、給小女孩的剪紙畫冊、隨身高帽子，以及一起在旅行中激發創意的行李箱等，更結合小美人魚、飛天箱、國王的新衣等安徒生動人童話故事，以互動科技遊戲重現安徒生一生精彩的創作旅程。

・九至十四日，第十九屆臺北國際書展在臺北世界貿易中心舉行，十三日童書館舉辦哲也和林世仁對談「看哲也心中的小悟空千變萬化」、幸佳慧「《一隻叫派丁頓的熊》新書發表會」。

## 三月

・十日，九歌出版社公布九十九年度散文獎、小說獎、童話獎得主，分別是蔣勳、李永平、黃蕙君，假中國文藝協會舉行頒獎典禮。黃蕙君以〈糖果奶奶〉獲選年度童話選，她在頒獎典禮上說：「童話不只給兒童歡樂，她會在故事中加入悲傷或遺憾的元素，讓兒童多面向感受真實的生活點滴。」《九十九年童話選》由傅林統主編，並邀請蕭楚恒、鄭欣玉兩位小朋友合編，共分五卷，二十四篇。

・二十二日，中國時報「文化新聞」版報導〈派丁頓熊，站上臺灣書架〉。臺灣商店經常可見派丁頓熊玩具商店，但正式授權的派丁頓童書，二月臺灣才正式引進，預計七月前出版《一隻叫派丁頓的熊》、《派丁頓的第一次》等六冊，還包括二〇〇八年作者龐德推出的最新續集《再見派丁頓》。該系列譯者為幸佳慧。

・二十九日，行政院新聞局公布「第三十三梯次中小學生優良課外讀物推介評選」共有九七三件作品獲得推介，其中包括《浣熊街111號》、《童話顛倒國》、《神奇調味料》等童話書。

## 四月

・一日至五月一日，由基隆市政府和陽明海運基金會舉辦的「二〇一一基隆童話藝術節」，包括雞籠仔ㄟ祕密——故事大觀園、如果兒童劇團演出《誰偷了那些雞》、小美人魚闖關等多項活動。

・十六日，「二〇一〇年好書大家讀——年度最佳少年兒童讀物」揭曉，故事文學類有侯維玲《金魚路燈的邀請》、林世仁《怪博士與妙博士》、《宇宙・魔法・印刷機》、林良《林良爺爺的700字故事》、子魚《我要金手指》、林玫伶《小耳》等三十八冊得獎。

・二十二日，慶祝「好書大家讀」二十週年，臺北市立圖書館假總館舉辦「得獎作品研討會」主題包括好書評選的歷程、成果及推廣等。

・二十四日，臺南葫蘆巷讀冊協會成立，由兒童文學作家幸佳慧當選理事長。

## 五月

・十一日，第八屆林君鴻兒童文學獎公布得獎名單，第一名陳葦珊〈毛屋子怪人〉、第二名陳瀅羽〈樂芙的冒險〉、第三名張育瑋〈沒有耳朵的兔子〉，佳作歐芃穎〈大野狼的祕密〉、李宜謙〈我要當哥哥!!〉、黃堃揚〈彩虹的由來〉。

・二十一日，國語日報社舉辦的童話獎今年堂堂邁入第十屆，由作家與評審聯手打造為期兩天的童話創作營，以「創作經驗」、「寫作教學」、「作品分享」三個面向為主軸。此次童話夢工廠課程授課講師分別為許榮哲「為什麼我和別人不一樣，自我認同的童話創作」、林世仁「從靈感到作品」、張家驊「童話的隱喻」、管家琪「童話的邏輯性」、洪淑苓「鄉土·魔法·現代」。最後有一場論壇「評審觀點VS創作觀點」洪淑苓主持，其他四位講師共同參與，著重差異、兩難、諜對諜與複眼術，從各個角度暢談創作與評審之間的矛盾、整合，以及童話作品須注意之處。

・二十五日，由彰化師範大學主辦，彰化師範大學國文系承辦，第十七屆「白沙文學獎」得獎名單揭曉。其中青少年文學以創作故事為主，第一名劉芝伶，第二名顏妤軒，第三名黃映禎，佳作劉以晨、李子緹。

・三十日，第三十五屆金鼎獎公布入圍名單，兒童及少年圖書獎文學語文類有陳素宜《我的爸爸會賣九層粄》、林世仁《宇宙·魔法·印刷機》、褚育麟《豹人·狐狸·神木國》、蔡宜容《中美五街，今天二十號》、陳素宜《柿子色的街燈》、侯維玲《金魚路燈的邀請》、王文華【可能小學的愛地球任務】等七本入圍。

·林偉信《故事·閱讀與討論——一個「兒童哲學」式的觀點》，社團法人臺灣兒童閱讀學會出版。

## 六月

·十一日，苗栗縣政府推出「童話故事屋——藝童享樂趣」展演活動，邀請亦宛然掌中劇團，假竹南鎮海口國小活動中心演出改編自《西遊記》孫悟空向龍王借金箍棒的故事，讓苗栗學子欣賞傳統布袋戲劇。

·二十三日，第八屆金門浯島文學獎公布得獎名單，兒童文學組第一名陳文和〈花之虹橋〉、第二名張英珉〈霧裡的水獺〉、第三名陳韋任〈最美麗的故事〉；佳作分別為劉碧玲〈外星來的小偷〉、吳淑鈴〈風言風語〉、謝春馨〈當北風獅爺遇見北風獅爺〉、洪彩鑾〈蘆黍王子〉、何妤珩〈風先生失蹤記〉、楊秀然〈黑羽報恩〉。

·二十四日，第六屆蘭陽兒童文學獎得獎名單揭曉，童話故事類中年級組的首獎、貳獎、參獎等從缺；佳作玉田國小游政穎〈紙飛機〉、壯圍國小莊愷涵〈貓鼠一家親〉。高年級組首獎光復國小吳洛衣〈到底是誰的錯〉、貳獎羅東國小鍾順檁〈春「到」了〉、參獎三名，羅東國小黃昱翔〈豬小弟的聲音實驗〉、羅東國小林家強〈白雪公主流浪記〉、公正國小葉承昀〈無齒國自強記〉，佳作南屏國小林宇蓁〈小企鵝漂流記〉、蘇澳國小莊嘉穎〈狐狸女孩〉、蘇澳國小蕭晨庭〈小熊三兄弟的親情麵包店〉、士敏國小陳郁方〈我的外星朋友〉、壯圍國小李芳瑜〈魔術樹〉、大隱國小洪詠泰〈幸福小子的幸運製造機〉、黎明國小黃俊皓〈邂逅〉、北成國小陳柔伝〈發明家小力〉、古亭國小蘇彧忻〈雙胞胎歷險記〉、羅東國小洪瑜彤〈雨不停國的三個奇蹟〉、竹林國小劉懿臻〈遺失的金鑰匙〉。

## 七月

・一日，第三十五屆金鼎獎頒獎，臺北喜來登飯店舉行，兒童及少年圖書獎文學語文類由陳素宜《柿子色的街燈》、王文華【可能小學的愛地球任務】獲得殊榮。

・一至六日，推動閱讀教育，宜蘭縣政府文化局假宜蘭市光復國小視聽中心舉辦「來聽黃春明老師說故事研習」，邀請黃春明授課及黃大魚兒童劇團演出。

・八日，由靜宜大學外語學院主辦的第十五屆「全國兒童語言與兒童文學學術研討會」於靜宜大學任垣樓國際會議廳舉行。其中與童話有關的論文是黃玉蘭〈跨越古典到現在——迪士尼動畫中「公主與王子」人物母題比較分析〉。

・十七至二十二日，中華民國兒童文學學會、臺灣創意遊學協會與福建少年兒童出版社首次合辦「廈門・鼓浪嶼文學交流夏令營」，選擇鼓浪嶼這個資深兒童文學作家林良青少年成長的地方辦此交流別具意義。活動講師包括方素珍、子魚、朱自強、陳淑玲、雷勁，分別從繪本、經典閱讀、作文教學等角度講述，曹雅芬則是主講「童話變變變」。

．三十日，桃園縣政府文化局舉辦「新舊世代桃園兒童文學作家對話」，由謝鴻文主持，資深兒童文學作家傅林統、馮輝岳、邱傑、施政廷與新世代的兒童文學作家李光福、林惠珍、林靜琍、羅世孝對談桃園縣兒童文學的發展與個人創作經驗，並有SHOW影劇團演出兒童劇《風箏》。

## 八月

．二日，九歌文教基金會主辦第十九屆九歌現代少兒文學獎，假文建會一樓藝文空間舉行頒獎典禮，文建會特別獎：朱加正《恐龍蛋》，評審獎：鄭端端《六年二班國宅隊》，推薦獎：李皇慶《看著貓的少女》，榮譽獎：張英珉《黑洞垃圾桶》、顏志豪《送馬給文昌帝君》、陳榕笙《珊瑚潭大冒險》、劉碧玲《天生好手》、吳洲星《幸福的眼淚》。

## 九月

．十四日，臺北市立圖書館、聯經出版事業公司、國語日報主辦，幼獅少年、中華民國兒童文學學會及新北市立圖書館協辦之第六十梯次「好書大家讀」優良少年兒童讀物揭曉，共計有單冊圖書二二五冊，套書二套（一三冊）入選。

．二十三日，教育部文藝創作獎頒獎典禮假教育部舉行，教師組童話類特優得主陳彥廷〈遠山〉，優選王宇清〈幻境之旅〉、黃培欽〈會製造夢的神奇楓香〉；佳作林怡君〈飛飛，不飛了〉、陳志和〈坦尼尚的惡魔〉、呂美琪〈文字大逃亡〉。

## 十月

．一至二日，四也童書出版公司舉辦「四也兒童文學營：金礦、海盜與魔法」，講師群包括：王文華、李崇建、李儀婷、林煥彰、許榮哲、謝易霖等，其中與童話有關課程為許榮哲「魔法學園開訓」、許榮哲「孫悟空誤闖金銀島：當經典撞見次文化」、王文華「童話！啊？是童話！」。

．五日，桃園縣政府教育局公布第三十二屆桃園縣兒童文學獎得獎名單，其中童話故事組第一名林靜琍〈公主的願望〉、第二名呂美慧〈小樹不哭了〉、第三名張英珉〈天使的雲朵車〉，佳作江旻純〈藍兔子〉、莊子懿〈永恆的珍珠〉、陳志和〈嘟嘩？默默？〉。

．二十日，第十屆「國語日報兒童文學牧笛獎」得獎名單揭曉，首獎從缺，第二名張淑慧〈十二歲的魔法〉、第三名林芳妃〈洋娃娃〉，佳作四名為黃振寰〈幸運儲蓄銀行〉、吳洲星〈拖鞋求婚記〉、劉玉玲〈見習小太陽〉、丁勤政〈蜻蜓之舞〉。

．二十一日，資深兒童文學作家林良於誠品信義店舉辦《淺語的藝術》和《純真的境界》新書分享會，並與作家幸佳慧分享對兒童文學的看法。

## 十一月

．一日，天衛文化圖書公司持續出版年度兒童文學精華選，由洪志明、陳沛慈、陳景聰選編，

《二〇〇七年臺灣兒童文學精華集》收錄林世仁〈文字雨〉、岑彭維〈投籃機的春天〉、亞平〈雪藏三明治〉、周姚萍〈當天上的星星遇上海裡的星星〉等童話。《二〇〇八年臺灣兒童文學精華集》，收錄王宏珍〈不餓國的西北風〉、哲也〈外星人的印章〉、林世仁〈老爺爺和他的印刷機〉、周姚萍〈直線人和螺旋線人變身記〉、侯維玲〈故事小茶壺〉、張曉風〈黃小魈與白麗梨〉等童話。《二〇〇九年臺灣兒童文學精華集》收錄王文華〈小石頭的旅行〉、亞平〈太陽餅〉、張曉風〈白雲．晚霞．攝影家〉、張文亮〈抓龍特攻隊該去哪裡抓龍〉等童話。

．十一日，四也童書出版公司於臺北誠品信義店舉辦「童話創意講座」，第一場許榮哲主講「意想不到的水鬼廣告——童話中的創意書寫，以《舞啦啦變城隍》為例」。十八日，第二場王文華主講「轉個彎撞見財神爺——童話中的視角轉換，以《柴升找財神》為例」。

．十三日，謝鴻文童話〈月光下的守護者〉獲第三十八屆香港青年文學獎兒童文學組優異獎。

．十五日，資深兒童文學作家林良榮獲第一屆「全球華文文學星雲獎特別獎」。

．中華民國兒童文學學會為慶祝建國百年，向文建會申請「《臺灣兒童文學一百年》編輯計畫」，由富春文化事業公司出版林文寶、邱各容編《臺灣兒童文學一百年》及《臺灣兒童文學史文論選集》兩本書，見證百年來臺灣兒童文學發展的軌跡。

## 十二月

．七日，臺東大學兒童文學研究所邀請兒童文學作家張友漁主講「如何尋找故事、創作與文學之美」。

．十七日，國語日報第十屆「兒童文學牧笛獎」舉行頒獎典禮，邀請臺南成功大學臺灣文學系副教授吳玫瑛針對牧笛獎十屆以來得獎作品的觀察，講題為「十屆以來，我們一直聽聞牧笛」。

．二十一日至二〇一二年四月二十九日，國立臺灣文學館於宜蘭縣縣史館舉辦「眷戀土地的遊子——李潼文學中的宜蘭」特展。

．二十六日，中國時報「二〇一一年度開卷好書獎」揭曉，最佳童書有賴曉珍《小猴子找朋友》、戶田和代《遊樂園今天不開門》、藍．史密斯《這是一本書》、劉伯樂《我看見一隻鳥》、大村知子《到底在排什麼呢？》、蘿拉．愛米．舒麗茲《夜精靈》，以及瑟巴斯帝安．麥什莫澤《松鼠先生和月亮》、《松鼠先生知道幸福的祕訣》、《松鼠先生和第一場雪》。最佳青少年圖書有《哪啊哪啊～神去村》、《賈斯柏的夏夜謎題》、《諾和我》、《鯨武士》。

．臺灣兒童文學學會編輯出版《臺灣故事選》，收錄謝鴻文〈報告攀木蜥蜴大將軍〉、麥莉〈誰當了天使〉、林武憲〈小山夢遊．老樹仔〉、林世仁〈聲音跑到哪裡去了？〉等十五篇作品。

# 本年度與童話相關研究論文

・《格林《新世紀童話繪本》之敘事與角色研究》，張佳涵撰，國立雲林科技大學視覺傳達設計系碩士論文，指導教授：曹融。

・《《鏡花緣》童話素質研究》，徐玉香撰，玄奘大學中國語文學系碩士在職專班碩士論文，指導教授：柯金虎。

・《童話故事融入國小音樂課程之行動研究》，鄧玉真撰，臺北藝術大學藝術與人文教育研究所碩士論文，指導教授：林劭仁。

・《幼兒對非傳統版本童話圖畫書的回應》，劉百佳撰，國立臺北教育大學幼兒與家庭教育學系碩士論文，指導教授：蔡敏玲。

・《俄羅斯與非俄羅斯童話故事中同類動物角色善惡行為之分類與分析》，廖祐廷撰，中國文化大學俄國語文學系碩士論文，指導教授：王愛末。

・《《流星花園I》的現代愛情觀：變形的灰姑娘童話？》，蔡蕙年撰，國立臺東大學兒童文學研究所碩士論文，指導教授：吳玫瑛。

・《重構女性主體：安潔拉・卡特童話改寫研究》，左馥瑜撰，國立臺東大學兒童文學研究所碩士論文，指導教授：吳玫瑛。

九歌童話選 09

# 九歌100年童話選

Collected Fairy Stories 2011

---

| | |
|---|---|
| 主編 | 傅林統、王映之、陳品臻 |
| 插畫 | 李月玲、那培玄、潔子、劉彤渲 |
| 執行編輯 | 鍾欣純 |
| 發行人 | 蔡文甫 |
| 出版發行 | 九歌出版社有限公司<br>台北市105八德路3段12巷57弄40號<br>電話／02-25776564・傳真／02-25789205<br>郵政劃撥／0112295-1 |
| 九歌文學網 | www.chiuko.com.tw |
| 印刷 | 前進彩藝有限公司 |
| 法律顧問 | 龍躍天律師・蕭雄淋律師・董安丹律師 |
| 初版 | 2012（民國101）年3月 |
| 定價 | 350元 |

---

書號　0172009

ISBN　978-957-444-818-0

（缺頁、破損或裝訂錯誤，請寄回本公司更換）

本書榮獲臺北市政府文化局贊助

國家圖書館出版品預行編目資料

九歌100年童話選 / 傅林統主編 ; 李月玲等圖. -- 初版. -- 臺北市 : 九歌, 民 101.03
面 ;　公分. -- (九歌童話選 ; 9)

ISBN 978-957-444-818-0(平裝)

859.6　　101000059